INGRID

Jusqu'où ira t-elle pour son plaisir ?

De Camille LEFFUSILLY

PREMIERE PARTIE :

La voyeuse

1.

Je me présente, je m'appelle Ingrid, j'ai 16 ans. Je mesure 1m55, j'ai les cheveux rouges comme les flammes et la peau blanche comme de la crème. Je suis une fille adoptée car ma mère est morte en me mettant au monde tandis que mon père a refusé de m'élever peut-être à cause de la peur de ne pas y arriver seul. Mes parents adoptifs sont les Nilsson, des Suédois originaire de Stockholm qui ont décidés de s'installer en France après être tombés amoureux du pays lors de vacances à Ouistreham. Nous vivons d'ailleurs dans cette ville, dans une maison de 100 m2 en colombages blanches et noires sur deux étages. Au rez-de-chaussée, il y a un grand salon, une cuisine ouverte avec un plan de travail en marbre et le bureau de mon père tandis qu'au premier, il y a ma chambre et celle de mes parents à côté de la mienne ainsi que la salle de bain et les toilettes. Cette maison n'est pas près des côtes mais dans les terres. Cela nous permet d'avoir un grand jardin de 300 m2 exposé plein sud. Ma mère Caroline a 38 ans, grande, mince, élancée avec des jambes fuselées, des cheveux blonds comme les blés et des yeux bleus comme le ciel. Avant de m'adopter, elle était mannequin mais depuis mon adoption, elle est mère au foyer. Mon père quant à lui s'appelle Charles, il a 41 ans, ingénieur en informatique. Physiquement, il est très musclé et possède des tablettes de chocolat qui rendent jalouses les amies de ma mère. Quant à moi, je ne suis pas bien dans ma peau, à leur opposé physiquement, je suis en surpoids pour ne pas dire obèse mais cela n'a pas toujours été le cas.

Durant mon enfance, c'était tout le contraire, j'étais une petite fille comme tout le monde, mince plutôt jolie, attirant même les regards des garçons mais depuis mon adolescence, tout a progressivement changé. J'ai commencé par porter des lunettes et un appareil dentaire, cela a commencé à faire fuir les garçons mais le pire a été quand j'ai commencé à prendre du poids et à avoir des boutons. Cela a été le coup de grâce car les derniers garçons qui s'intéressaient toujours à moi sont partis voir les autres filles de mon collège qui contrairement à moi, n'avaient pas changé physiquement ou changés de manière positive en étant plus mince qu'en école élémentaire et croyez-moi, cela fait mal de découvrir qu'au sein de ses camarades de classe, des couples se forment tandis qu'aucun garçon ne s'intéressait à moi.

Bref, les années ont passé puis arriver au lycée, mon physique n'a malheureusement pas changé. Mes nouveaux camarades de classe me regardaient comme-ci j'étais un alien, un virus, une maladie, en se demandant tout en chuchotant « Qu'est-ce que c'est que ce truc ? » Mais au fil, des jours, des semaines et des mois, mes camarades ne faisaient plus attention à moi.

Avant chaque cours de la journée, quand on était devant la salle de classe et qu'on attendait le professeur qui mettait du temps à arriver, je les entendais parler de divers sujets comme l'actualité, le sport, la météo, les films et séries bien sûr mais leur sujet favori était le sexe. Ils en parlaient ouvertement entre eux sans tabous. Ne connaissant pas le sujet, je

m'approchais d'eux pour en apprendre davantage.
Ce n'était pas compliqué car avec le temps, ils ne faisaient plus attention à moi, c'est d'ailleurs comme ça que j'ai découvert qu'une fille de ma classe a connu le sexe en se caressant pour la première fois à 11 ans tandis qu'une autre, c'était en faisant l'amour à 12 ans. Les garçons de ma classe quant à eux, ont également découvert le sexe très jeune et certains ont même déjà eu plusieurs copines malgré leur jeune âge.

Un soir après avoir passé une journée au lycée, je rentrais chez moi le plus vite possible par le premier bus et en arrivant je posai mon sac à dos juste derrière la porte d'entrée avant de découvrir que mes parents n'étaient pas là, je les appelais, ils ne répondaient pas, je les cherchais dans toute la maison ainsi que dans le jardin, rien. Ce n'est qu'en me rendant dans la cuisine que je vois poser sur le plan de travail, un petit papier écrit par ma mère à l'encre noire et disant « Nous sommes partis au restaurant ton père et moi, nous rentrerons tard, je t'ai fait à manger, mange et vas te coucher ». Je cherchais alors mon repas dans la cuisine mais il n'y avait rien sur le plan de travail ni dans le frigo, c'est en fouillant par hasard dans le micro-ondes que j'ai fini par le trouver, le réchauffer et le manger.

Après avoir terminé, les spaghettis à la bolognaise que ma mère m'avait préparé, je me rendis dans ma chambre pour aller me coucher quand soudain, une idée me traversa l'esprit et me suis dit : « Et si je profitais que mes parents ne soient pas là pour essayer de me caresser. » Après tout, j'avais entendu plusieurs filles de ma classe, raconter leurs multiples parties de plaisirs en solo et ce qu'elles ont ressenti. J'avais envie de ressentir la même chose et de découvrir la réalité de ce que je connaissais qu'en théorie.

Arrivée dans ma chambre, je me précipitais sur mon lit, enleva mes chaussures, mes chaussettes, mon haut et mon pantalon, m'allongea et commença par poser mes doigts en bas de mon soutien-gorge pour les faire glisser doucement le long de mon ventre, les faire passer près de mon nombril afin d'atteindre ma culotte. J'écarta cette barrière de dentelle pour pouvoir descendre plus bas et enfin atteindre mon vagin et d'un geste hésitant et fébrile, je bougeai mes doigts à l'intérieur de ma culotte de gauche à droite et de bas en haut pour explorer chaque endroit de mon sexe et chercher ce point de plaisir appelé le clitoris.

Après seulement quelques secondes d'effort, je l'ai trouvé et en le touchant, une sensation étrange me traversait le corps, une sensation que je n'avais jamais ressentie auparavant comme si j'avais été foudroyé mais de plaisir. Je continuais à le toucher, j'avais une sensation de chaleur, une respiration saccadée, mes yeux se fermaient sans que je puisse les contrôler puis vint un premier gémissement incontrôlable qui marqua le plaisir ressenti. Celui-ci s'accompagnait un deuxième puis d'un troisième puis de nombreux autres de plus en plus fort que je ne pouvais pas compter ni même contrôler mais qui montraient que je n'étais plus la maîtresse mon corps car il se tordait comme si j'étais possédée. Ma tête en arrière et mes pieds étaient les seuls contacts avec mon lit, tout le reste de mon corps était en lévitation. Mes doigts continuaient à le titiller tandis que des mots commençaient à sortir de ma bouche « Je vais jouir » disait-je comme si je m'adressais à quelqu'un alors que je me trouvais toujours seule chez moi. Je ne comprenais plus ce qu'il se passait, je ne réfléchissais plus, mon cerveau avait bogué, seule la dernière commande enregistrée continuait à fonctionner et cela faisait bouger mes doigts frénétiquement jusqu'à que l'orgasme serait atteint.

Je sentais ce moment qui arriva, même moi qui n'ai eu aucune expérience sexuelle avant ce soir, je compris que si je n'arrêtais pas immédiatement, l'orgasme allait me détruire et ce fût le cas car il m'a fait pousser un gémissement tellement puissant que les voisins dont la maison est située à 30 mètres de chez moi ont dû entendre, des spasmes ont envahi mon corps et mes yeux se sont révulsés. A ce moment-là, je luttai de toutes mes forces pour ne pas perdre la vue mais je n'y arrivai pas, je perdis connaissance et je m'endormis.

Quelques heures plus tard, vers les 3 h du matin, je me réveillais en douceur à cause d'un bruit répétitif d'origine inconnue qui se faisait entendre, étant seul à la maison, je ne comprenais pas d'où il pouvait provenir mais aimant comprendre les choses et d'une nature curieuse, je descendis de mon lit et sorti de ma chambre pour découvrir l'origine de celui-ci. Marchant silencieusement, je continuais toujours à entendre ce bruit répétitif, il avait le même rythme, la même cadence, ce son semblait être rythmé comme un métronome. Une fois dans le couloir de ma maison, je me mis à tendre l'oreille. Il y avait trois pièces près de ma chambre, la salle de bain, les toilettes et la chambre de mes parents. Après avoir collé l'oreille à chacune des portes, je compris que le bruit qui sonna toujours venait de la chambre de mes parents. Leur chambre n'avait pas de verrou, sous leur porte pas de lumière, ils étaient sûrement déjà rentrés mais en train de dormir à poing fermé donc pour éviter de les réveiller, je décidais d'ouvrir doucement la porte et d'y entrer sur la pointe des pieds.

Une fois dans la pièce, je marchais le long d'une armoire qui me cacha la vue sur le lit de mes parents et là, je découvris avec stupeur, mes parents n'ont pas en train de dormir mais en train de faire l'amour. Ma mère était à quatre pattes sur le lit avec derrière elle, mon père, lui tenant fermement les hanches et enchaînant les coups de reins à un rythme métronomique.

D'abord dégoutée pendant un bref moment, je fus ensuite très excité par leurs ébats, la vue de mes parents vus de dos, nus, en plein coït me satisfaisais au plus haut point. Ma mère ne bronchait pas, elle ne faisait aucun bruit, aucun gémissement, prenait-elle du plaisir ? Je décidais de m'approcher d'eux pour mieux voir ce qui m'excite tant. Je me trouvai tellement près d'eux que je n'ai qu'à tendre le bras pour toucher les fesses de mon père et voir sa bite dure comme un menhir et habillée d'un préservatif, entrer et sortir du vagin de ma mère. Il continua ses mouvements en accélérant et toujours sans remarquer ma présence. Ça y est, ma mère réagit enfin, elle commence par pousser des petits gémissements comme des miaulements de chats. Ces bruits sont visiblement excitants pour mon père qui accélère la cadence. Les gémissements de ma mère deviennent plus intenses, j'ai l'impression que ma mère ne va pas tarder à jouir mais soudain, mon père s'arrête net. Croyant qu'ils m'ont repéré, je me jette à plat ventre par terre. Etant au pied du lit, je ne vois plus ce qu'il s'y passe mais j'entends du bruit, des mouvements puis de nouveau les mêmes bruits rythmés de chair qui claque. Je me relève doucement surveillant le lit du coin de l'œil par peur de tomber face à face avec ma mère en levrette. Heureusement pour moi, ce n'était pas le cas car en me relevant, j'aperçus les pieds de mon père, ses jambes, son dos et au niveau de sa tête, de chaque côté, des pieds, les pieds de ma mère.

Il lui tenait ses chevilles et imprima une cadence de plus en plus rapide. Lui aussi commençait à pousser des râles de plaisir parfaitement synchronisées avec ma mère. Je compris à ce moment-là, que leur orgasme sera simultané. Mon père accéléra encore, il la pénétra maintenant avec la vitesse d'un marteau-piqueur. Ma mère ne pouvant que subir ces assauts, elle chercha à s'accrocher aux draps avant de mettre sa tête en arrière et eu juste le temps de prévenir mon père qu'elle allait jouir, que mes deux parents se mirent à jouir en même temps. L'orgasme de ma mère était tellement puissant que ses mains serraient les draps comme si ça vit en dépendait et ses orteils se crispa.

Après cela, mon père se retira, épuisé, il ne prit même pas la peine d'enlever le préservatif remplit de son sperme et s'allongea près d'elle pour se remettre de ses émotions. Profitant de cet instant, je courrais dans ma chambre, me glissa dans mon lit et heureuse d'avoir découvert le sexe par procuration, je me replongeai dans les bras de Morphée.

2.

Le lendemain soir, c'était un samedi. Je devais traverser la ville de Ouistreham pour me rendre chez ma meilleure amie Camille, qui habitait dans des logements sociaux situés près de la plage. J'avais hâte de la retrouver car elle m'avait invité chez elle pour une soirée pyjama et cela faisaient longtemps qu'on ne s'était pas vus. Mes parents me laissaient toujours y aller car ils savaient que c'était ma meilleure amie mais surtout ma seule amie.

Vers 18h, très heureuse à l'idée de l'a retrouver, je préparais mon sac, je mis à l'intérieur mon pyjama préféré avec des canards bleus, des élastiques pour cheveux, une brosse à cheveux et de la crème pour le corps. Une fois mon sac terminé, et après avoir embrassé mes parents, je sortis de chez moi et me dirigea à pied vers l'arrêt du bus situé à 5 minutes de ma maison. La rue que j'empruntais pour m'y rendre était une rue commerçante. Il y avait une boucherie, une boulangerie, un fleuriste, un bureau de poste mais mon commerce préféré était la librairie car je m'y rendais souvent pour feuilleter des magazines avec des hommes bien foutus.

Une fois arrivé sur place, après 30 minutes d'attente, le bus arriva enfin. C'était la navette de la ville. Souvent, plein de monde, je me demandai si je pourrais monter. Heureusement pour moi, de nombreuses personnes descendaient à mon arrêt. Je montais à bord, et nu aucun mal à trouver une place. 20 minutes plus tard, je descendis du bus et me trouva devant son immeuble. C'est un bâtiment imposant immaculée de blanc et possédant 10 étages. Je rentrai dans l'édifice, me dirigea droit devant moi et arrivé au niveau de l'ascenseur, j'appuya sur le bouton pour l'appeler, il était déjà là, j'appuyais ensuite sur le bouton du 7ème pour retrouver ma meilleure amie. Une fois l'étage atteint, je me dirigeai vers son appartement et sonna.
Elle m'ouvrit la porte déjà en pyjama, m'invita à entrer, me fit la bise et me montra immédiatement la salle de bain situé au fond du couloir pour que je puisse

me changer. Une fois, changé, je me fis une queue de cheval et je rejoignais ma copine dans sa chambre. Elle avait déjà tout préparé pour qu'on passe une bonne soirée. A manger, à boire, du vernis, des jeux de société et même des accessoires de coiffure pour se faire des coupes trop stylées.

Nous passons la soirée à jouer, à rigoler et à parler pendant de nombreuses heures jusqu'au moment où il était temps d'aller dormir. On s'allongea sur deux matelas posés côte à côte sur le sol et on continuait à discuter avant de s'endormir. Camille était vraiment l'opposé de moi, elle était brune, mince, souriante, bien dans sa peau et attirant tous les regards. Elle m'a d'ailleurs déjà avoué qu'elle a trompé son petit ami une fois. Elle le regrette aujourd'hui et elle ne m'a jamais dit avec qui mais je pense le savoir car j'ai remarqué que notre prof d'histoire du collège la dévorait des yeux. Elle a 16 ans, lui 50, je comprends qu'elle ne veut pas que ça se sache. J'aimerai trop être à sa place, je l'envie souvent, elle a tous les hommes qu'elle veut. Il lui suffit seulement d'un clin d'œil, d'un battement de cils ou de faire remuer sa chaussure au bout de son pied pour qu'un membre du sexe fort devient un toutou prêt à obéir aux moindres de ses désirs.

Au petit matin, encore dans les bras de Morphée, j'entendis Camille prononcer mon nom pour me réveiller. A mon réveil, je sentis une sensation étrange sur mes lèvres, je passai ma langue sur la partie charnue de ma bouche et un goût de cerise me chatouilla le palais. Camille avait justement un gloss à la cerise. Venait-elle de m'embrasser ? Était-ce intentionnelle ? Aimait-elle également les femmes ? Plusieurs questions me tournaient dans la tête mais je n'osais pas lui en parler et je faisais comme si de rien n'était.

Nous prenions le petit-déjeuner ensemble avant de me changer et lui dire au revoir. Je me dirigeais vers l'ascenseur, le prit et marcha dans quelques rues avant de m'apercevoir que j'avais oublié mon téléphone chez elle. Je décidais de faire demi-tour afin de le récupérer et arrivé en bas de son immeuble, attendant l'ascenseur, un couple entra dans l'immeuble. Elle, elle était mince, brune aux yeux verts avec une peau aussi blanche que la mienne. Lui, il était bedonnant, avec une calvitie, une moustache, une barbe de plusieurs jours et un air pervers.

Excitée par leur présence, je les regardais du coin de l'œil, il la collait, l'embrassa sur la joue et dans le cou. J'entendais les smacks qui lui faisaient. Une fois l'ascenseur arrivé, nous entrâmes tous les trois à l'intérieur, j'appuyais sur le 7ème et me mis au fond. Quant à elle, elle appuya sur le 10 et se mit au fond à côté de moi, tandis que son mari la collait toujours. Il continua à l'embrasser et ses bisous étaient plus directs, il l'embrassa à présent sur la bouche mais chose curieuse, elle ne les lui rendait pas. Pourquoi ? Était-elle gênée par ma présence ?

Quand l'ascenseur arriva à mon étage, je m'apprêtais à sortir quand je sens une main me tenir. En jetant, un coup d'œil, je remarquais que la femme essayait de

me retenir. Pensant qu'elle s'était trompée de personne, je tirai de toutes mes forces pour tenter de sortir mais elle ne me lâcha pas. La porte se referma et nous monta jusqu'au $10^{\text{ème}}$.
Nous sortîmes tous les trois de l'ascenseur et nous nous dirigeâmes vers leur appartement. Sur le chemin, j'essayais à plusieurs reprises de m'échapper mais elle me tenait très fort et à aucun moment, elle ne prononça un mot pour m'expliquer pourquoi elle ne me laissait pas partir.

Une fois entrés, nous nous dirigeâmes dans la chambre et son mari commença à la déshabiller lentement vêtement par vêtement en commençant par le haut, son manteau, et son débardeur, puis le bas, ses ballerines, son jean et son string.
Une fois entièrement nue, il l'allongea sur le lit et je découvris son corps magnifique sans poils, complètement épilé et équipé de petits seins et de jolies petites fesses. Son mari se déshabilla quant à lui très rapidement en éparpillant ses vêtements dans la pièce. Son corps était totalement différent, il posséda plein de poils surtout

dans sa région pelvienne et avait un sexe déjà très dur. Il s'approcha de sa femme, écarta ses jambes et embrassa son corps de bas en haut – Son ventre, son nombril, ses seins, son cou et sa bouche. Puis, il s'allongea sur elle, prit sa queue dans sa main et l'enfonça en elle. Démarrant les va et viens en elle, elle ne bougea pas, n'avait aucune réaction, son regard inanimé et son corps était inerte telle une poupée. La seule réaction que je pus sentir était dans ses doigts car plus son mari accélérait, plus elle me serrait la main fort. Que se passait-il sous mes yeux ? Était-ce comme ça qu'on fait l'amour ou était-je en train d'assister à un viol ? Comme je n'avais pas beaucoup d'expérience sur ce sujet car je n'ai vu que mes parents faire l'amour. Je me dis que peut-être que le coït se traduit différemment d'un couple à l'autre. Devais-je poser la question ? Mais si je le faisais, je passerais sûrement pour une imbécile et il y a de fortes chances que seul le mari me répond d'un non car sa femme n'était plus là. Pourtant, cette situation me paraissait étrange et l'homme n'avait pas mis de préservatif

comme mes parents. Son objectif est-il de lui faire un enfant ? Avait-elle conscience qu'il risque de jouir en elle à tout moment ?
N'ayant pas les réponses à mes questions, je décidais de profiter de la situation car après tout, même si c'est un viol, je n'ai pas la force nécessaire pour l'arrêter. De plus, les voir en plein ébats m'excitait énormément quand soudain son mari s'arrêta. Avait-il fini ? Avait-il lâché sa semence en elle ? Après quelques secondes de silence, Il reparti à l'attaque et lui assena plusieurs coups de canon qui fracassa le lit contre le mur mais elle ne réagissait toujours pas. Seuls ses seins bougeaient au rythme des vibrations. Je comptais un, deux, trois, quatre. En tout, cinq coups de canons ont été donné et lors de ce dernier, il resta au fond et poussa un grognement. « Ça y est, il a éjaculé » pensais-je et je ne me trompais pas. Il est sorti de sa femme et un fil de sperme les relia toujours coupé uniquement par la porte de la salle de bain. Dès que la porte fût fermée, la femme toujours inerte me lâcha enfin la main. Je me levais, quitta l'appartement, me rendis à l'appartement

de Camille pour récupérer mon téléphone sans oser lui dire ce qu'il venait de se passer et je repartis chez moi toute troublée coincée entre excitation et questionnements.

3.

Quelques jours plus tard, après m'être remise de mes émotions, je souhaitais aller à la piscine pour me détendre. La piscine était loin de chez moi, je demandai donc à ma mère de m'y emmener en voiture. Elle accepta et me demanda d'être prête pour 14h. On était en hiver, ce n'était pas la meilleure saison pour y aller mais pas pour moi puisque ayant honte de mon corps, je ne voulais pas l'exposer à un grand nombre.

Après le repas, je montais dans la voiture et nous partîmes en direction de la piscine. Une heure et demie était nécessaires pour y arriver. Nous avons dû prendre l'A13 et passer le péage de Heudebouville pour atteindre notre destination. Ce jour-là, il pleuvait beaucoup mais cela ne me décourageait pas. Arrivés sur place, il pleuvait des cordes. Ma mère me laissa sur place et je courus le plus vite possible vers l'entrée du bâtiment afin d'éviter d'être trempée. A la caisse, une vieille dame me demanda de payer les 10 € d'entrée sans politesse. Je ne l'aimais pas, elle avait des cheveux courts bouclés et un air autoritaire rempli de haine à chaque fois qu'un client lui adressait la parole. Pourquoi était-elle comme ça ? Je ne savais pas et je n'allais sûrement par lui demander car elle me faisait peur, très peur, tellement peur qu'il m'est arrivé de la voir dans mes cauchemars. Je payais ma place au plus vite avant de me diriger vers les cabines sans prononcer un mot, un son ni un regard dans sa direction. Pour se changer, il y avait des cabines de plusieurs couleurs : jaune, verte, rouge et bleue. En face d'elle, il y avait des casiers qui permettaient de déposer ses effets personnels. Je choisis une cabine de ma couleur préférée et une fois à l'intérieur, j'accrochais mon sac à un des crochets et mon manteau sur celui d'à côté. Je commençais à me déshabiller en enlevant mon pull, mon tee-shirt et mon soutien-gorge puis je m'asseyais sur le banc au fond de la cabine pour enlever mes chaussures, mon pantalon et ma culotte. J'ouvris mon sac, attrapa mon maillot de bain une pièce, de couleur noire et l'enfila puis mis mes vêtements dans mon sac, le rangea dans le casier, le ferma et suivi les panneaux « accès au bassin ».

Au bout du couloir, une immense pièce abrite sous une verrière située à 30 m de haut, deux grands toboggans à 10 et 20 m de hauteur et une très grande piscine à vague entourée de palmiers. Il n'y avait pas beaucoup de monde, seuls quelques enfants étaient en train de nager tandis que leurs parents étaient allongés sur des transats. Après avoir passés plusieurs heures à nager et à faire du toboggan, je me dirigeais vers mon casier pour récupérer mes affaires. En chemin, je voyais, dépassant de sous la porte d'une cabine, la plante des pieds d'une fille. Excitée par la situation et essayant de deviner sa position, je me glissais sur la pointe des pieds dans la cabine d'à côté, verrouilla la porte et m'asseyais sur le banc. « Slurp, slurp, slurp, slurp ». J'entendais la fille en train de sucer. Je l'imaginais en train de déguster avec gourmandise le sexe de son homme. Je les entendais parler. Cela rendait la situation encore plus excitante.

- Tu aimes me sucer ?

- J'adore ça, j'aime la sentir dans ma bouche
Je continuais à entendre les bruits de succion. Je n'osais pas me caresser de peur qu'ils m'entendent car je comprenais qu'ils ne savaient pas que j'étais là.
- Fait moins de bruit, on va nous entendre
Elle lui répondait : tu as raison » avant de sucer moins vite.
- J'ai envie de te chevaucher, lui disait-elle.
- On risque de nous entendre et je risque de te mettre enceinte.
- Allez, juste 5 minutes
- D'accord mais doucement sinon on risque de nous entendre

Je ne l'entendais plus sucer mais quelques secondes plus tard, j'entendais des bruits de va et vient amplifiés par la cyprine. Les mouvements étaient lents. Pourtant, leurs envies mutuelles ne faisaient aucun doute. Je me baissais pour voir sous la paroi mitoyenne la position qu'ils ont adoptés. En me baissant, je voyais leurs quatre pieds, ceux de l'homme étaient derrières tandis que ceux de la femme

étaient devants. Grâce à cet indice, je compris que la femme chevauchait son amant en étant dos à lui tandis que leurs mouvements continuant avec le même rythme. Elle prenait trop de plaisir, elle ne voulait pas s'arrêter. Il essayait de la stopper mais elle n'y arrivait pas. L'envie de continuer est trop forte. A ce moment-là, j'ai eu qu'une envie, celle de rentrer dans leur cabine, de m'asseoir à côté d'eux pour continuer à les regarder mais effrayée à l'idée que leur cabine soit fermée à clé et qu'ils arrêtent. Je décidais donc de rester dans ma cabine et de coller mon oreille au mur et continuais à l'écouter en train de s'empaler.
-Je ne peux pas m'arrêter, disait-elle.
-Alors continue.
Je l'entendais monter et descendre. Elle avait une respiration saccadée et poussait des petits gémissements. Puis soudain, elle se mit à accélérer et lui dit « T'arrête pas, t'arrête pas, t'arrête pas. Oh putain ! Je jouis, je jouis, je jouis ». Au moment de sa jouissance, je sentais qu'elle posait sa main contre le mur mitoyen et tentait d'étouffer avec une grande difficulté, ses réactions sonores pour ne pas être

entendue. Ce fût dans un premier temps, une réussite mais après quelques gémissements silencieux, elle ne pouvait pas se retenir davantage et poussa des cris bruyants, étouffés tant bien que mal par la main de son petit-ami sur sa bouche.

Puis une fois l'orgasme passé et que le couple ne remarqua toujours pas ma présence, je décida de quitter discrètement la cabine, retourna vers mon casier, pris mes affaires et me rhabilla en repensant à ce qu'il venait de se passer avant de sortir du bâtiment et voir que ma mère était déjà là dans sa voiture à m'attendre, prête à me ramener à la maison.

4.

J'avais rendez-vous avec Camille pour aller voir Sex and the city 2, j'étais pressé d'y être et cela faisait longtemps qu'on n'avait pas fait une sortie entre filles car depuis qu'elle avait son mec, elle passait plus de temps avec lui à baiser qu'avec moi. Parfois, elle m'appelait pour que me raconter comment cela s'était passé. Elle me parlait de sa position préférée : la levrette, de la bite de son mec dans sa bouche, des orgasmes qu'elle a eu et de son côté animal. Moi bien sûr, j'étais jalouse. Tout ça, je ne le connaissais pas et je ne savais pas si j'allais le vivre un jour. Le jour J, je recevais un appel de Camille tôt le matin, je pensais qu'elle m'appelait pour me dire à quel point, elle avait hâte d'y être mais malheureusement, ce ne fût pas le cas. Elle m'appela pour m'annoncer qu'elle ne pouvait pas venir car elle était malade. J'étais très déçu mais je ne pouvais rien y faire. Ayant très envie d'aller voir le film, je décidais d'y aller seule. Le cinéma se situait à environ 15 de minutes de chez moi à pied. Après avoir attrapé mon sac à main, je sortais de chez moi et quelques minutes plus tard, j'arrivais sur les lieux. J'achetais mon billet et me dirigea directement dans la salle 14 au 2ème étage. M'installa à mon siège, le E14 situé au milieu de la salle et pendant que j'attendais le début du film, un couple entra dans la salle et s'installa au niveau de la dernière rangée. Au début, je ne faisais pas attention à eux mais quelques minutes après leur arrivée, je me mis à entendre des bruits de bouche. En les regardant du coin de l'œil, je les ai vus s'embrasser du bout des lèvres puis se galocher. D'où j'étais, je ne voyais pas bien leurs langues s'entremêler mais les sons étaient évocateurs et ne laissaient aucun doute sur leur activité. Excitée, je ne pouvais pas m'empêcher de descendre mon pantalon et ma culotte pour me caresser. Avec deux doigts, je jouais avec mon clitoris, doucement, très doucement car je savais que je pouvais perdre le contrôle de la situation. Je me mis lentement à prendre conscience des choses qui m'entourait. Ma respiration saccadée était le seul son que j'entendais puis vint un gémissement. Heureusement, les bandes-annonces avaient commencé donc le couple situé plus haut ne l'entendit pas.

En me retournant à nouveau pour les regarder, j'ai remarqué que la fille n'était plus là. Sans doute était-elle partie aux toilettes ? Je continuais à regarder l'écran tout en me caressant mais quelques minutes plus tard, pendant la diffusion du film, je me retournai de nouveau.
Là, je voyais la fille de dos en train de rebondir, ses cheveux longs et lisses ondulaient aux rythmes des mouvements de son corps. Quand un moment de silence se produisait dans le film, je pouvais entendre ses cris de plaisirs. Hypnotisée par leurs ébats, je ne voulais pas rester à distance du spectacle, je remettais ma culotte et mon pantalon, me leva et me dirigea vers la porte de la salle pour sortir. Je sortis de la salle pour leur faire croire que j'ai envie d'aller aux toilettes et deux minutes plus tard, je retournai dans la salle et je m'asseyais sur la même rangée, à seulement quelques places d'eux.

Etonnamment, ça ne les arrêtaient pas, ils ne faisaient pas attention à moi, elle continuait à le chevaucher comme si sa vie en dépendait tandis que son haut, un magnifique crop-top blanc, son pantalon, ses ballerines et son string étaient enlevés et posés sur le siège d'à côté.

Elle s'arrêta, sorti d'elle la queue dressée de son compagnon, se mit à genoux entre ses jambes et prit son membre en plein bouche. Elle le suça doucement mais cela ne lui convenait pas.

Il lui prit la tête des deux mains et imprima un rythme plus soutenu, la poussant petit à petit à lui faire une gorge profonde. Elle était en train d'étouffer et des jets de bave jaillissaient entre le maigre interstice qu'il y avait entre son orifice buccal et la robinetterie de son chéri.

Progressivement, elle atteignait la gorge profonde, le pénis au fond de sa gorge l'empêchait de respirer. Son compagnon ne semblait pas s'émouvoir de son manque d'oxygène.

Elle a dû le repousser pour pouvoir de nouveau respirer puis s'est mise à quatre pattes sur le siège pour prendre encore le délicieux bâton en elle.
Ses deux orifices arrières étaient exposés à la vue de tous. Quel orifice allait-il choisir me demandais-je ?

L'attente pour obtenir la réponse ne fût pas longue. Il décida d'entrer dans son cul et lors de l'introduction de son engin, un cri mêlant douleur et surprise a résonné dans la pièce.

Apparemment, elle n'était pas habituée à être sodomisée. Son petit-ami a d'ailleurs dû faire plusieurs tentatives pour pouvoir entrer entièrement dans son petit trou serré.
A chaque insertion, il s'arrêtait à chaque fois qu'elle avait mal mais il arrivait à progresser petit à petit. Dès qu'il fût totalement entrer, il resta entièrement dedans plusieurs secondes sans bouger comme un affamé puis commença à donner des coups de reins.

Au début, ils étaient lents jusqu'à qu'elle soit à l'aise et que son trou se dilate avant d'accélérer et d'atteindre très rapidement une vitesse élevée.

Lorsque la vitesse des coups de bites étaient à leur apogée, elle n'avait pas d'autre choix que de s'agripper à l'accoudoir du siège devant elle. Les cris qu'elle poussait semblaient montrer qu'elle adorait ça. Lui, comme elle, ne voulait pas s'arrêter, ils continuaient malgré ma présence à quelques sièges d'eux. La situation ne me laissait plus le choix. Je devais me caresser. J'enlevais mon pantalon et ma culotte et sans penser aux conséquences, je me mis à me frotter énergiquement le clitoris. Dans un état second, je me mis à jouir tout en agrippant le dossier du siège sur lequel j'étais assise et à remercier le ciel tout en arrosant de cyprine le siège devant moi.

Après avoir repris mes esprits, je regardais de nouveau le couple à côté de moi, l'orgasme de la fille semblait proche, ses gémissements étaient de plus en plus forts et rapprochés.

Son homme lui tirant les cheveux, elle jouissait en remerciant Dieu puis se mit à genoux pendant qu'il posa sa bite sur le visage de sa femme et éjacula une quantité impressionnante de sperme.

Une fois finit, ils s'habillaient tous les deux et continuaient à regarder le film sans que le sperme ne soit enlevé. A la fin de la séance, ils quittaient la salle comme si rien ne s'était passé et sans enlever le sperme sur son visage. Après eux, je quittais aussi la salle et rentra chez moi, alla me coucher avec des images excitantes plein la tête.

5.

Le samedi suivant, j'avais l'intention de rester toute la journée à la maison. Ma mère sachant cela, elle décida de me confier une mission, celle de faire des courses au supermarché de la ville voisine. Etant encore en pyjama, je sortais de mon lit, alla dans la salle de bain pour prendre ma douche et me brosser les dents. Une fois fini, je me rendais dans ma chambre pour m'habiller avec les premiers vêtements que je voyais et alla dans le salon, voir ma mère qui me donnait la liste des courses. Je pris un sac, sortait de chez moi puis marcha dans la rue jusqu'à l'arrêt du bus. En chemin, je m'arrêtais à la librairie pour admirer les hommes sur papier glacé qui me faisaient fantasmer avant de reprendre ma route. Après être descendue du bus, je devais traverser un immense parking pour pouvoir accéder au supermarché et en marchant sur celui-ci je remarquais que tous les véhicules étaient garés près du bâtiment. Dans le supermarché, je sortais ma liste de course. Je n'avais pas beaucoup de choses à acheter seulement du pain de mie, du thé au citron et à la menthe, une bouteille de thé glacé, des sardines, du thon et du maquereau en conserve et bien sûr des petites douceurs comme des chips et du chocolat. Après avoir fait le tour des rayons pour mettre dans mon panier tous les articles, je décidais de payer mes articles en caisse libre-service car il y avait moins de monde. Et après avoir fait cela, je sortais du supermarché pour rentrer chez moi mais en traversant le parking, je voyais un véhicule garé à l'opposé des autres. C'était une Mercedes Viano immatriculée DQ-069-DQ de couleur noire. Au départ, je ne prêtais aucune intention à cette voiture mais en passant à proximité, j'avais une impression de mouvement à l'intérieur et en tournant la tête, je voyais le véhicule vaciller de gauche à droite. Quand soudain, sur une des vitres apparue quelque chose, je ne saurais pas dire ce que c'était mais je décidais de marcher en direction de la voiture et une nouvelle fois, quelque chose se collait sur la vitre, il s'agissait de pieds féminins. Intriguée par cette vision de pieds nus, je continuais à avancer en direction de la voiture en restant baisser le plus longtemps possible afin de ne pas être vu par les personnes à l'intérieur. Une fois à côté du véhicule, je me redressais lentement afin de voir ce qu'il se passe à l'intérieur et là, je voyais une femme à quatre pattes en train de sucer son homme. Elle avait l'air de prendre beaucoup de plaisir à lui faire ça à seulement quelques mètres de passants qui risquaient de les surprendre. Visiblement, elle s'en fichait, elle engloutissait dans sa bouche, plusieurs dizaines de fois, la bite de son homme dressée vers le ciel comme le bras de la statue de la liberté armé d'un flambeau. Ils étaient tous les deux encore habillés, elle avait simplement enlevé ses ballerines tandis que lui avait dégrafé son pantalon en velours. Apparemment leur aventure passionnée venait de commencer. Soudain, la femme arrêta de sucer, se redressa et se mit à galocher son homme. D'où, je me tenais, je ne voyais malheureusement pas leur langue s'entremêler, je me déplaçais donc derrière la lunette arrière du véhicule et le spectacle était tout bonnement excitant.

Je pouvais voir leur langue et leur salive se mélanger dans et en dehors de leur bouche. En tendant l'oreille, j'entendais leurs gémissements. Ils savouraient chacun la langue de l'autre. Puis, ils se déshabillaient mutuellement, l'excitation est à son comble, les vêtements volaient dans la voiture. La chemise de l'homme atterrissait sur le volant et le soutien-gorge de la femme sur le pommeau de vitesse. Il s'allongea sur la banquette arrière et elle grimpa sur lui, s'empala et commença à le chevaucher en balançant ses hanches d'avant en arrière. Lui posa ses mains sur les hanches de sa compagne et suivait les mouvements rythmés par l'appétit sexuel de Madame. Regardant vers le ciel et poussant des gémissements incontrôlables, elle ne regardait plus son homme et pensait qu'à son plaisir. En la voyant, je sentais qu'elle allait bientôt atteindre l'orgasme et ce fut le cas, à peine quelques secondes plus tard. Elle poussa un cri d'une grande puissance. Pensant que j'allais être repéré par les passants, je me mis à plat ventre pour me cacher. Une fois le cri fini, je me relevais et vit à travers la vitre, la femme couchée sur son mari, la tête posée sur la banquette à côté de la sienne, ses mains posées sur son torse. Elle avait une respiration haletante et reprenait peu à peu ses esprits. Elle venait de jouir mais pas lui donc il l'allongea sur la banquette, releva ses jambes, mit son pénis dans sa chatte, posa ses mains sur ses pieds et passa à l'action. Les pénétrations montaient crescendo. La respiration saccadée laissa place aux grimaces et aux gémissements. Il tenait ses chevilles pour une meilleure prise et s'arrêta net. Quand soudain, alors qu'elle ne s'attendait pas à ça, il lui assena un premier gros coup de pilon, puis un deuxième, un troisième, un quatrième et un cinquième. Surprise du moment où chacun d'entre eux arriva, elle poussa un gémissement, sa tête bascula en arrière et ses yeux se ferma. Ensuite, il attrapa sa femme comme un objet et la retourna pour la mettre à quatre pattes. A ce moment, de peur d'être vu, je me mettais de nouveau à plat ventre. Dès que je me mis à nouveau d'entendre la femme gémir, je me relevais doucement et je me retrouvais nez à nez face à elle, seule la vitre de la voiture nous séparait. Ses mains étaient posées de part et d'autre du verre tandis que son visage grimaçant se tenait entre les deux. Elle tentait de le prévenir mais avait du mal à parler. Quant à lui, il ne me voyait pas. Il continua donc à la pilonner, la marteler sans s'arrêter, en la tenant par la taille jusqu'au moment où il éjacula au fond d'elle. Je sentais cela car l'expression de son visage montrait que du sperme jaillissait en elle avant de m'enfuir à toutes jambes avec mon sac de course à la main, à la fois excitée et par peur que son mari découvrait ma présence et décide de s'en prendre à moi.

6.

La fin de l'année scolaire approchait mais avant de passer en classe supérieure, mon professeur d'anglais décida d'organiser un voyage linguistique de 5 jours à Londres. Toute la classe était très excitée par ce séjour et moi aussi j'avais hâte. Il nous expliqua que nous allions prendre un car devant le lycée qui nous emmènera jusqu'au train à Calais. De là, le car va monter dans un train pour la traverser de la manche puis le même car nous conduira jusqu'à Londres où nous allons dormir dans un hôtel.

Le jour J, à 7h du matin, le car nous attendait déjà devant l'établissement. C'était un grand car Bordeau. Après avoir signalé ma présence à mon professeur d'anglais mais également à ma professeure de français qui nous accompagnait. J'ai mis ma valise dans la soute du car avant de monter à bord. A l'intérieur, il y avait une immense allée avec des sièges en cuir tout confort dans un grand espace spacieux et lumineux. Je décidais de m'asseoir sur un des sièges aux premiers rangs afin de voir la route et attend que les autres élèves de ma classe montent à bord. Une fois, le car rempli, nous partîmes en direction de Calais pour prendre le train qui nous permettra de traverser la manche. Il nous fallait 3h environ pour rallier Calais. A mi-chemin, nous nous arrêtâmes une quinzaine de minutes sur une aire d'autoroute pour faire une pause. J'en ai profité pour aller acheter à boire ainsi que des bonbons et du chocolat mais aussi aller aux toilettes. En entrant dans les toilettes des femmes, je choisi une cabine disponible près de la porte d'entrée, et par terre se trouvait un préservatif usagé attaché avec un nœud. Je l'ai ramassé et j'ai remarqué qu'à l'intérieur, il y avait du sperme. Je l'ai mis dans une de mes poches pour boire le précieux liquide plus tard avant de retourner dans le car. Le car repartit et après une heure et demie de route, nous arrivâmes sur le quai après avoir passé plusieurs contrôles douaniers. Le train s'appelle le Shuttle. A l'extérieur, le train à une couleur métallique avec des parois ressemblant à de la tôle. Je ne trouvais pas ça très rassurant car cela donne l'impression que le train a été fabriqué avec des matériaux de récupération. A l'intérieur, il ressemblait à un immense couloir empli de lumières de couleur jaune. Le car monta dans le train précédé d'une voiture qu'il suivit. Au bout du chemin, un employé habillé d'un manteau de sécurité jaune, d'un pantalon bleu foncé et de chaussures de sécurité faisait signe au conducteur de s'arrêter. Le chauffeur s'arrêta et l'employé appuya sur un gros bouton rouge qui ferma deux parois munis de porte ainsi qu'un immense rideau de fer qui descendait jusqu'au sol. Quelques minutes plus tard, le train démarra et nous pouvions si nous le souhaitons descendre du car. Je décidais de descendre pour aller aux toilettes. Un panneau indiquait qu'ils étaient au bout du couloir. Je passais une porte pour quitter le compartiment du car et passé au suivant. En chemin, je croisais plusieurs véhicules. Pour certains, leur propriétaire étaient sortis de leur voiture tandis que d'autres attendaient l'arrivée du train à l'intérieur. Je continuais mon chemin et plusieurs compartiments plus loin, la porte des toilettes était en vue. Arrivé devant, j'appuya sur la poignée pour ouvrir la porte mais elle était verrouillée et j'entendis une voix féminine me dire une minute puis le silence vint. Plusieurs secondes plus tard, je m'attendais à entendre le bruit de la chasse d'eau ou l'eau du robinet qui coule mais ce ne fut pas le cas. A la place, j'entendis des bruits de bouche, je compris qu'elle n'était pas seule dans les toilettes et qu'elle était en train d'embrasser quelqu'un. Je ne pouvais pas voir à quoi ils ressemblaient mais rien de les entendre étaient très excitant. Ils avaient l'air de s'embrasser en mélangeant leur langue. Les entendant très distinctement, ils devaient être juste de l'autre côté de la porte. Les minutes passaient et l'excitation enleva progressivement mon envie d'uriner mais n'entendant plus rien, j'ai collé mon oreille à la porte pour avoir la suite de l'histoire. Là, j'ai entendu le bruit d'une fermeture éclair puis des bruits de succion. Je n'en revenais pas ce qu'ils osaient faire alors que j'étais à côté d'eux mais savaient-ils encore que j'étais là ou pensaient-ils que j'étais parti ? Envisageant la deuxième option, je décidais de ne pas réitérer ma demande d'accès aux toilettes. Les bruits de succion étaient dans un premier temps très lents. Elle était sûrement en train de savourer la queue de son homme dans sa bouche puis des bruits plus rapides laissaient penser qu'elle voulait uniquement faire plaisir à celui qu'elle aime. Elle s'arrêta et dit « Prends ma tête ». J'ai compris qu'à partir de ce moment-là, il avait totalement le contrôle de la fellation, son trou devenait un outil de plaisir dont il pouvait se servir comme il le voulait sans qu'elle ait son mot à dire. Rapidement des haut-le-cœur se faisait entendre, il se fichait qu'elle s'étouffe, il pensait uniquement à lui. J'ai pensé qu'il serait même prêt à la tuer pour se faire du bien. Certains haut-le-cœur faisaient vraiment peur, il s'enchainait sans qu'elle puisse respirer. Après 3, 4 haut-le-cœur, il sortait enfin sa bite de la bouche de sa compagne pour qu'elle puisse enfin respirer mais seulement quelques secondes avant de recommencer à l'étouffer. Ensuite, ils se déshabillaient, j'entendais des vêtements être enlevés à la hâte et entendre la femme dire « prends-moi en levrette » avant de commencer à entendre très rapidement ses gémissements puissants ainsi que des claquements de chair très rapide. Ses gémissements étaient incontrôlables mais n'ont malheureusement pas duré longtemps. Très rapidement, après avoir commencé, ils ont joui ensemble, connectés, en plein coït. La fille a dû être fourrée de liquide blanc et visqueux mais je ne l'entendais pas s'essuyer, je les ai simplement entendus se rhabiller puis sont sortis tous les deux en même temps, en se regardant dans les yeux et en riant, passant à côté de moi sans me jeter un regard. Excitée par tout cela, je rentrai dans les toilettes, enleva mes chaussures, mes chaussettes, mon pantalon et ma culotte avant de m'asseoir sur le siège des toilettes que j'agrippa de ma main gauche, posa mon pied droit sur le rebord du lavabo et caressais frénétiquement mon clito pour me donner rapidement un orgasme avant l'arrivée du train en gare. Ma main droite jouait avec mon bouton de lumière comme avec un joystick de manette de jeu. Je le bougeais de haut en bas et cela me procura une perte totale de mon corps et des cris d'une grande puissance. J'étais en trans. La dernière image imprimée par mon esprit avant de m'évanouir à cause de cette forte dose de plaisir était celle de mon pied droit plié en deux.

Puis, après m'être réveillée et après repris mes esprits, je me rhabillais, sorti des toilettes et reparti en direction du car. A ma montée dans le car, le train venait d'arriver. J'ai à peine eu le temps de m'asseoir que le conducteur démarra, sorti du train et nous reprîmes la route vers Londres.

7.

Arrivés à Londres, le conducteur nous conduisait vers le centre-ville car c'est là que se trouvait notre hôtel, dans le quartier de Westminster. Une fois sur place, nous descendîmes du car, nous récupérions nos valises et tout le groupe se dirigea vers la réception. Le réceptionniste nous accueillait chaleureusement et demanda sous quel nom était la réservation. Après que mon prof d'anglais est donné le sien, le réceptionniste lui annonça que l'hôtel ne possède pas suffisamment de chambres simples en raison du nombre de clients présents et par conséquent, qu'un élève aura une chambre double au prix d'une simple. Après avoir discuté entre eux, mes professeurs ont décidé de me donner la chambre double et avant de régler les formalités, le réceptionniste nous donna nos clés tandis que ma professeure de français nous donna tous rendez-vous dans le restaurant de l'hôtel pour dîner. Nous montâmes tous dans nos chambres pour nous installer. Cependant ayant une chambre double, je devais me rendre au

4ème étage de l'hôtel et mes camarades au 2ème. Pour y arriver, j'ai pris l'ascenseur et entra dans ma chambre qui porta le n°400, rangea mes affaires dans l'armoire et mon nécessaire de toilettes dans la salle de bain avant de redescendre au rez-de chaussée où nos enseignants nous attendaient déjà. Une fois tous là, nous entrâmes au restaurant et nous nous servîmes au buffet. J'ai pris un œuf mayonnaise en entrée, un Fish and chips en plat et de la gelée à la fraise pour le dessert. Après mon repas, j'ai regagné ma chambre et je me suis immédiatement endormi après m'être allongé dans mon lit et avoir sorti le préservatif trouvé dans les toilettes de l'autoroute et bu le sperme qu'il contenait. Soudain, en pleine nuit, je me réveillais en sursaut. Je regardais l'heure, il était 4h du matin. J'ai eu l'impression qu'un tremblement de terre frappait l'hôtel mais quelques secondes plus tard, j'ai compris que le lit de la chambre d'à côté fracassait le mur et que mon lit était touché par ricochet. Dans ma chambre, les cris de la femme de la chambre d'à côté résonnaient. Elle se faisait culbuter, baiser comme une chienne. Elle aimait trop la bite qu'elle avait en elle. Au départ, j'ai tapé sur le mur mitoyen pour les arrêter mais sans succès.

Entre le lit qui frappe le mur et les gémissements, impossible qu'ils m'entendent. J'ai ensuite essayé de crier, même résultat, et en combinant les deux toujours rien.
Malgré l'envie de dormir, je décidais de profiter de l'instant pour me faire du bien. Dormant entièrement nue, je n'avais qu'à pousser la couette pour accéder à mon bourgeon. Je commençais à le toucher délicatement et le plaisir monta lentement. Ma respiration était lourde, j'avais l'air d'avoir du mal à respirer. Mes yeux se fermaient par intermittence jusqu'au moment où vient les premiers gémissements. Ils étaient doux et délicat contrairement à ceux de la femme d'à côté qui en avaient des puissants et bestiaux. Soudain, elle se mit à parler, elle demanda à avoir le sperme en elle et il lui demanda si elle était sûre car même avec un préservatif, il n'y avait pas de risque zéro et qu'elle pouvait tomber enceinte.

Je n'en ai pas cru mes yeux, cela m'a coupé toute envie. Les personnes dans la chambre d'à côté en train de s'envoyer en l'air étaient mes professeurs. Ils sont tous les deux mariés et ont des enfants chacun de leur côté. De plus, je ne savais pas qu'ils se plaisaient. Une fois leur partie de jambes en l'air terminé, j'ai pu enfin dormir en espérant qu'ils remettraient ça avant la fin du séjour. Le lendemain, après avoir pris notre petit-déjeuner, le conducteur du car revint nous chercher pour nous emmener visiter la ville. Pendant ce séjour, nous avions vu le British Museum, l'abbaye de Westminster, Buckingham Palace, le quartier de Piccadilly Circus ou encore monté dans le London Eye. Seulement, plus les jours passaient et plus j'étais fatiguée. Je n'osais plus dormir de peur de rater la prochaine partie de jambes en l'air de mes enseignants. Ils avaient remarqué ma fatigue mais ils ne comprenaient pas à quoi elle était due et je ne pouvais bien évidemment pas leur dire que je les avais entendus s'envoyer en l'air et que j'attendais avec impatience la prochaine fois où cela arriverait donc je leur disais

simplement que j'avais dû mal à dormir car mes parents me manquaient. Quelques nuits plus tard, vers les 2h du matin, j'entendais mes professeurs parler.
- Tu crois qu'Ingrid est en train de dormir ?
- Oui, regarde, il est 2h du matin
- Je sais mais je me pose la question comme ça fait plusieurs jours qu'elle ne dort pas
- Ne t'inquiète pas pour elle, je suis sûr qu'elle dort comme un bébé. Viens plutôt me masturber.
- D'accord, laisse-moi dégrafer ton pantalon.

J'entendais ma prof de français, enlever le pantalon et le caleçon de mon prof d'anglais et dire :
- Quelle est belle ta bite ?
- Vas-y fais-toi plaisir.

Je l'entendais tenir sa bite à pleine main et à commencer à faire des va et vient.
- Ouah, ta bite est en train de grossir.
- Continue de me masturber et tu pourras goûter à mon glaive.
- J'ai hâte
- Alors va plus vite

Elle accéléra le geste et le résultat était là, son pénis grossissait et durcissait rapidement.
- Elle est vraiment grosse maintenant, j'ai trop envie de la sentir dans ma bouche.
- Fais-toi plaisir

Elle prit son pénis dans sa bouche et le suça immédiatement comme une morte de faim.

Il lui dit :
- Vas-y doucement, on a toute la nuit devant nous
- Je ne peux pas, je suis trop excitée.
- Mets-toi à quatre pattes, je vais prendre un préservatif. Merde, j'en ai plus.
- Ce n'est pas grave, j'ai trop envie de toi mais n'éjacule pas en moi. Préviens-moi dès que tu vas jouir.
- D'accord, je peux entrer
- Oui, entre et tiens-moi fermement les hanches.

Il entre et elle se mit à tout de suite à gémir. Ils allaient tellement vite que ses testicules la frappait à chaque coup de queue.

Par ailleurs, je n'arrivais pas à compter les claquements de chair qu'elle subissait tellement ils étaient rapides mais ça avait l'air de lui faire un bien fou. Par ailleurs, le côté humain de mes professeurs avait l'air d'avoir disparu. Dans la pièce d'à côté, il semblait qu'il ne restait plus que deux chiens qui ne pourront plus jamais s'arrêter de baiser et comme il y a quelques jours, le lit se mit à fracasser le mur. Pendant ce temps, ma prof n'arrêtait de remercier le seigneur à chaque fois qu'elle se faisait pilonner et elle ne cessait de répéter :
- Oh mon dieu ! Merci mon dieu. C'est trop bon.

Je pensais qu'elle allait déjà avoir un orgasme et je ne me suis pas trompé car peu de temps après elle disait qu'elle allait jouir avant de crier : Je jooouuuuiiiiiiiiiiiiissssss.

Ce cri était tellement fort qu'il est impossible que mes camarades de classe dormant au 2ème étage n'ont rien entendu.

Mais ce n'était pas terminé, quelques minutes après l'orgasme de ma prof, l'assaut reprenait car mon prof n'a pas lâcher sa semence.
J'entendis ma prof demander à être prise en missionnaire et après quelques bruits de mouvement sûrement pour changer de position, les coups de bites ont repris au milieu des chocs du lit et des gémissements.

Malheureusement, cet assaut fût une mauvaise idée car quelques secondes à peine après avoir commencé, je l'ai entendu crier à son tour. Il venait éjaculer au plus profond d'elle et a immédiatement sorti sa queue de son corps mais elle n'arrivait pas à sortir le sperme de son corps. Puis plus rien, ils étaient peut-être en train de dormir donc je me suis endormie aussi et le lendemain, nous reprîmes le car pour rentrer en France.

Lors du voyage retour, la tension était palpable entre eux, tous mes camarades l'avaient remarqué mais moi seule connaissait la raison.

A notre arrivée, ma mère était présente, elle m'a récupéré pour me ramener à la maison.

Quelques semaines plus tard, j'ai entendu dire grâce à des bruits de couloirs que ma prof de français était enceinte. Evidemment, tout le monde a pensé que c'était de son mari mais seulement moi, elle et mon prof d'anglais connaissait l'identité du véritable père de son futur enfant.

8.

Les grandes vacances avaient commencé depuis quelques jours et ce jour-là, il faisait très chaud, la météo affichait un pic de température de 37°C. Je décidais donc d'en profiter et d'aller nager quelques heures à la plage. Il était 10h du matin. A cette heure-ci, je savais qu'il n'y avait pas encore beaucoup de monde et que j'allais trouver sans problème, une bonne place au soleil et pouvoir nager sans trop être observée. Je préparais mon sac avec le strict minimum à savoir un maillot de bain et une serviette de plage. Pour tout ce qui est alimentaire, j'avais décidé de tout acheter sur place. Après être sortie de chez moi et après avoir pris le bus, j'arrivais à la plage. Sur place, il n'y avait pas grand monde. Personne dans l'eau, seulement quelques personnes qui bronzaient sur le sable. Après avoir marché quelques dizaines de mètres dans le sable, je trouvais une bonne place en plein soleil à proximité d'un couple. Ils étaient très amoureux, ils n'arrêtaient pas de s'embrasser, de se galocher. Puis ils rassemblaient leur affaire et décidèrent de partir. Mon instinct me disait de les suivre mais ne voulant pas être repérée, je leur ai laissé de l'avance au point de les perdre de vus. Ne sachant plus où ils étaient, je décidais de marcher dans la direction qu'ils ont suivi en espérant les retrouver. Après quelques minutes de marche, ils étaient à portée de vue, ils avaient pris place derrière une dune à l'abri des regards. Il était allongé sur une serviette tandis qu'elle était sur lui en train de le galocher. En approchant encore, j'ai remarqué qu'un ingrédient supplémentaire s'est rajouté entre eux car en plus de ce qu'ils faisaient déjà, elle lui caressait le sexe en posant sa main sur son slip de bain. Ça lui faisait de l'effet car un renflement commença à naître entre ses jambes. Le sentant aussi, elle décida de s'agenouiller entre ses jambes, de baisser son slip et de sortir sa bite à pleine main pour commencer à le masturber. Elle se mit à grossir et à devenir toute rose et très veinée. Elle embrassa son gland, lécha sa bite avant de la mettre en bouche et de la sucer longuement, langoureusement et avec une grande appétence en faisant au passage quelques gorges profondes. Puis, se mit debout face à lui, tira sur la ficelle du bas de son bikini. Le bout de tissu tomba et elle s'empala sur la queue de son mari dans un gémissement doux et mélodieux. Une fois en elle, le membre ne lui manqua pas de lui faire du bien. Elle ondula ses hanches de manière cerclique pour bien le sentir en elle puis appuyé sur ses deux pieds, elle fit une multitude de mouvements de haut en bas sortant et remettant l'épée dans son fourreau. Elle semblait maîtriser totalement la situation à un détail près car elle ne contrôlait pas les gémissements qu'elle poussait. Plusieurs dizaines de gémissements plus tard, elle sortait la bite de son corps et se mit sur la serviette dans la position du lapin. Son homme se plaça derrière elle et entra dans son cul sans crier gare. Un gémissement de surprise marqua son visage et il lui donna des puissants coups de queue avec quelques secondes de répit entre chacun d'eux pour la surprendre avant d'accélérer la cadence. Les coups de marteau étaient remplacés par des coups de marteau-piqueur. Le rythme était tellement intense qu'elle a dû s'agripper à la serviette pour pouvoir tout encaisser mais ne pouvant pas lire la jouissance de la femme sur son visage à cause de la dune, je me suis rapprochée d'eux en espérant que ce tas de sable continue à cacher ma perversité et qu'aucune vague ou aucun coup de vent la détruise car ce fût le seul rempart entre eux et moi.

Après avoir bien profité d'elle, l'homme s'arrêta enfin, la femme groguit par l'expérience se releva avec difficultés en ne sachant plus où elle était et ce qu'il venait de se passer. De plus, il profita de ce moment de faiblesse pour lâcher tout son foutre sur son visage sans qu'elle ne se rendit compte de rien. Peut-être avait-elle été drogué car c'est sans culotte et avec du sperme plein le visage qu'elle se leva et se dirigea dans ma direction. Arrivés à ma hauteur, je l'attrapais par la main, la fit s'asseoir à côté de moi et profitant également de la situation, je lui léchais le visage pour récupérer tout le sperme dans ma bouche et l'avaler. Et, une fois mon méfait commis, je décidais de l'abandonner et de courir jusqu'à chez moi avant que son mari ne remarque quelque chose. Arrivée à la maison, ayant honte de ce que j'ai fait et ayant peur d'avoir été suivie, je me cachais dans ma chambre sans savoir que demain, tout allait changer.

DEUXIEME PARTIE :

La découverte

9.
Aujourd'hui, c'est le jour de mon anniversaire, je fête mes 17 ans. A cette occasion, ma mère m'a préparé un gâteau au chocolat mais ce n'était pas un simple gâteau, c'était un fondant au chocolat avec plein de vermicelles multicolores comme je les aime. Malheureusement, ce jour-là, elle m'apprend également une mauvaise nouvelle. Ce sera le dernier. Pourquoi ? Parce qu'à partir de demain, elle va me prendre en main. Fini les kilos en trop, les boutons sur le visage et l'appareil dentaire en métal. A partir de demain, je vais avoir toute une série de rendez-vous avec un dentiste, un dermatologue et un nutritionniste pour revenir à mon physique d'enfance, celui qui a détourné tous les regards dans ma direction. D'ailleurs, à cette époque-là, mon physique faisait peur à ma mère, car à mes 9 ans, elle remarqua que plusieurs garçons de mon âge se retournaient sur mon passage mais également des hommes d'une vingtaine, trentaine, quarantaine et même cinquantaine d'années. Elle craignait que je me fasse agresser voire violer. Etant une enfant, je

n'ai jamais compris ses craintes mais un jour tout changea.

Ce jour-là, j'étais parti faire du shopping avec ma mère dans un centre commercial, un jour d'été, il faisait très chaud, plus de 38°C. Je portais des ballerines, une petite jupe et un crop top noire. Toute la session shopping se passait bien mais à la fin, juste avant de retourner dans la voiture pour partir. J'ai aperçu au travers d'un passage étroit et mal éclairé, un vendeur de glaces. Adorant cela, j'ai demandé à ma mère si elle acceptait de me donner un peu d'argent pour m'acheter un esquimau. Elle accepta et me donna quelques euros pour m'en acheter un, prit mes sacs et alla s'asseoir sur un banc à proximité en attendant mon retour.

Pour rejoindre le glacier, je devais marcher environ une centaine de mètres et traverser un couloir sombre mais cela ne me faisait pas peur. Je commençais donc à marcher et entrais dans le passage sans me douter qu'un homme me suivait.

A mi-chemin (dans la partie la plus sombre du couloir) un homme m'aborda en me touchant l'épaule, je m'arrête de marcher et me retourne dans sa direction.
-Où vas-tu ? me demandait-il.
-Je vais m'acheter une glace chez le marchand qui est là-bas (en le montrant du doigt) répondis-je innocemment.
-Comment t'appelles-tu ?
-Je m'appelle Ingrid.
-Et quel âge as-tu ?
-J'ai 9 ans.
Pendant qu'il me posait ces questions, il se montrait très tactile avec moi, il me touchait les cheveux pour descendre sur mon bras puis caresser mon ventre. Son comportement me souciait un peu mais sans plus. Puis il a commencé à s'approcher de moi et mon réflexe a été de reculer dans un renfoncement qui me cachait la vue du glacier. A présent, la seule chose que je pouvais voir était cet homme d'une quarantaine d'années qui continuait d'avancer vers moi mais un mur situé derrière moi m'empêchait de reculer davantage. Il profita alors de cette occasion pour avancer ses lèvres vers les miennes et m'embrasser.

Je l'ai repoussé et puis, tout s'est accéléré.
Il est revenu à la charge en m'embrassant
de force.

Cette fois-ci, c'était violent, il ne s'est pas
contenté de poser ses lèvres sur les
miennes mais a introduit sa langue dans
ma bouche. Je pouvais d'ailleurs le sentir
en train de lécher la mienne pendant
plusieurs secondes avant de m'attrapée
par la taille, me soulevée et me jetée à
terre.
Pendant que j'essayais de me relever, il
m'a tenu par la taille et s'est positionné
derrière moi lorsque j'étais à quatre
pattes.

J'essayais de tordre ses doigts pour le
forcer à me lâcher et je sentais que j'étais
sur le point de gagner puisque ses mains
perdaient progressivement le contact avec
mon corps.

C'était bientôt fini, j'allais pouvoir m'échapper mais quand j'ai réussi à les enlever complètement et que je les ai lâchés, il est reparti à l'attaque en positionnant ses mains sur mon ventre et en serrant très fort comme un anaconda qui étouffe sa proie. L'étreinte était telle que je ne pouvais plus bouger, plus m'échapper, plus me défendre et j'avais dû mal à respirer. A terre et toujours à quatre pattes, il décida de me donner des gros coups de reins. A chacun d'eux, j'avais l'impression d'être percuté par un train et que j'allais m'évanouir. Mes yeux se fermaient involontairement et mon esprit s'évaporait mais quand ma conscience revenait, un autre coup me faisait replonger.

A ce moment-là, ma seule préoccupation était de rester consciente, donc impossible pour moi, de dire combien de temps cela n'a duré ni combien de coups de reins j'ai pris.

Quelques instants plus tard, toujours à peine consciente, je me mis à entendre une voix paniquée.

En essayant d'ouvrir les yeux, je pouvais voir qu'il s'agissait de ma mère. Elle semblait être seule près de moi car je ne sentais plus l'étreinte sur mon ventre. Je pris petit à petit mes esprits et constatais que j'étais allongée sur le sol face contre terre. Ma mère me releva et me fit sortir du tunnel. Les personnes présentes demandaient à ma mère si elle voulait qu'on appelle la police et les pompiers. Elle acquiesça et m'emmena m'asseoir sur un banc en attendant l'arrivée des autorités. Quelques minutes plus tard, les pompiers arrivaient et m'ont fait monter dans leur camion avec elle pour me demander ce qu'il s'est passé. Je n'ai pas eu le temps de leur répondre que ma mère prit la parole. Elle dit aux pompiers qu'elle m'avait donné de l'argent pour acheter une glace chez le marchand situé de l'autre côté du tunnel mais ne me voyant pas revenir, elle s'est inquiétée, s'est rendu dans le tunnel et au loin, elle a vu un homme d'une quarantaine d'années avec le physique d'un taureau en train d'étreindre mon ventre et me donner des coups de reins. Elle s'est mise à crier, l'homme l'a regardé, m'a lâché et a fui en

courant. Elle s'est précipitée vers moi et m'a retrouvé quasiment inconsciente. Après avoir écouté ma mère, le pompier prend son stéthoscope et demanda s'il peut m'ausculter. Ma mère encore paniquée répondit oui. Le pompier commença à le poser entre mes seins et me demande de respirer fort par la bouche en continu. Puis il le posa à plusieurs autres endroits avant de me palper le ventre et après avoir fini, il annonça à ma mère que ma respiration est normale avant de prendre son tensiomètre, me le mettre autour de mon bras et d'appuyer sur un bouton. Le tensiomètre gonfla, me compressa le bras et au moment où ma circulation sanguine s'arrêta, il se dégonfla et donna le résultat.
-12,6 dit le pompier, c'est tout à fait normal.
Soudain, un policier ouvra la porte du camion et monta à bord.
-Bonjour Madame, pouvez-vous nous expliquer ce qu'il s'est passé ?
Ma mère réexpliqua au policier, tout ce qu'elle avait déjà dit au pompier.
Il lui demanda : est-ce que vous souhaitez porter plainte ? et elle répondit oui.

Le policier lui répondit qu'il n'y a pas de problème mais avant de pouvoir prendre sa déposition avant au commissariat, il faut qu'elle laisse les pompiers s'occupés de moi.

Le pompier intervient et informe ma mère qu'il a fini de m'examiner mais qu'il serait plus prudent de faire des examens complémentaires à l'hôpital car nous ne savons pas pourquoi j'ai failli perdre connaissance en suggérant que je m'étais peut-être cognée la tête. Ma mère se mit alors à pleurer imaginant le pire. Le pompier tenta de la rassurer et lui dit que cela ne signifie pas forcément que j'ai quelques choses de grave mais qu'il s'agit uniquement d'éviter toutes complications. Le policier quant à lui, dit à ma mère qu'il allait venir à l'hôpital et que la plainte sera prise sur place avant de descendre du camion et de nous suivre en voiture mais ma mère descendit également du camion pour rejoindre sa voiture tandis que je restais seule avec le pompier à l'arrière du véhicule, toujours allongée sur le brancard pendant toute la durée du trajet.

Vingt-cinq minutes plus tard, nous arrivâmes à l'hôpital, le pompier me descendit du camion. J'ai à peine eu le temps de lui dire au revoir qu'il me confia à une infirmière qui emmena dans un box et qui m'a dit : Tu vas rester là quelques minutes jusqu'à que ta maman arrive. Ensuite le médecin viendra te voir. Une quinzaine de minutes plus tard, ma mère arriva enfin aux urgences et se présenta à l'accueil. Une infirmière lui indiqua le numéro de mon box et l'informa qu'un médecin ne va pas tarder à venir me voir. Ma mère ouvre la porte de mon box et vient m'embrasser, soulagée que la situation n'ait pas empirée. Quelques secondes plus tard, c'est au tour du médecin d'entrer. Il savait uniquement que j'ai été victime d'une agression mais ignorant les détails, il me demanda de les lui expliquer. Je lui explique qu'après avoir fait du shopping avec ma maman dans un centre commercial mais au moment de partir, j'ai vu qu'il y avait un marchand de glace. J'ai demandé à ma mère, un peu d'argent pour m'acheter un esquimau. Elle accepta, me donna quelques pièces et pendant que j'allais acheter ma glace, elle m'attendait assise sur un banc.

Je me suis dirigé vers le glacier en passant dans un couloir sombre et à l'intérieur, un homme m'a demandé mon prénom, mon âge et ceux que je faisais à cet endroit. Pendant que je répondais à ces questions, il m'a touché les cheveux, le bras et le ventre avant de me jeter par terre, de mettre ses mains sur ma taille et de serrer mon ventre tout en me donnant des coups de reins.

Ma mère m'interrompu et rajouta qu'elle m'a trouvée quasiment inconsciente.

Après avoir entendu l'histoire de mon agression, le médecin dit à ma mère qu'il faudra me faire une échographie pour vérifier s'il y a un saignement dans mon ventre et un scanner pour voir si je n'ai aucun problème neurologique suite à ma perte de conscience. Le médecin informe qu'il part chercher le matériel nécessaire pour mon échographie.
Il quitte la pièce et revient quelques minutes plus tard, avec tout le nécessaire.

Il me demande de m'allonger sur le brancard, de soulever mon crop top et de baisser un peu ma jupe pour avoir accès à la totalité de mon ventre. Il approche le matériel de moi et prit un tabouret présent dans le coin du box pour s'asseoir avant de prendre un flacon posé à côté de l'échographe, l'ouvrit et le pressa au-dessus de mon ventre pour y déposer une petite quantité de gel et lorsqu'il entra en contact avec mon ventre, la température me surprit. C'était très froid et le médecin ne m'avait pas prévenu. Instinctivement, comme pour y échapper, je rentrais mon ventre et poussais un cri de stupeur. Mon ventre était tellement creusé que j'ai eu l'impression qu'il avait disparu car je ne le voyais plus.

Quelques minutes plus tard, habituée à la température, mon ventre reprit sa forme normale et le médecin pouvait enfin commencer son examen. Il prit l'instrument entre ses mains et étala le gel sur mon ventre et regarda son écran pour voir les premiers résultats.

Tout à l'air correct disait-il à ma mère.

Il continua l'examen en étalant le reste du gel sur mon ventre et visa quelques endroits précis comme mes côtes et mon nombril pour voir si tout allait bien. Une fois l'examen fini, il prit un mouchoir pour essuyer mon ventre et son matériel du surplus de gel, puis le déconnecta et le mit dans un coin de la pièce avant de rassurer ma mère.
-Tout va bien madame. Il n'y a rien à signaler. Dans quelques minutes, une infirmière va venir chercher votre fille pour l'emmener au scanner.
Puis il quitta la pièce avec l'échographe et pendant ce temps-là, nous patientons tranquillement en attendant que l'infirmière arrive. Quand elle ouvrit la porte de mon box, elle avait entre les mains une blouse d'hôpital, vous savez celle qu'on a l'impression qu'on enfile à l'envers mais qui doivent être portés avec les boutons dans le dos.
L'infirmière donna la blouse à ma mère et dit :
-Il faut qu'elle se déshabille entièrement et met cette blouse pour le scanner, je repasse dans quelques minutes la chercher avant de s'en aller.

En attendant son retour, ma mère m'aide à me déshabiller, a enlevé mes ballerines, mon crop top, ma jupe et même ma culotte pour me mettre la blouse et m'attacher les boutons dans le dos. L'infirmière arrive peu après et me demande si je suis prête.
Je lui dis oui.
Elle me prend la main pour m'emmener vers la salle du scanner.

Dans le couloir, le sol est recouvert de carrelages, étant pieds nus, j'avais très froid aux pieds, je demandais donc à l'infirmière de pouvoir retourner dans mon box et de mettre mes ballerines. Comme elle accepte, j'opère un demi-tour pour retourner dans mon box. Ma mère me vit et je lui dis que je viens mettre mes ballerines car le carrelage du sol est très froid. Je mets mes chaussures et retourne voir l'infirmière qui m'attendait non loin de là, lui donna ma main pour continuer notre chemin.

Arrivée dans la salle du scanner, le médecin m'attend à côté de l'immense machine, il me demande d'enlever mes chaussures, m'explique qu'il doit les prendre avec lui pour ne pas gêner le fonctionnement de la machine et qu'il me les rendra à la fin de l'examen. Pendant ce temps, il sera dans la pièce d'à côté et me regardera à travers la vitre. Je l'ai vu s'éloigner avant de réapparaître quelques secondes plus tard dans la pièce d'à côté. Il me montre à travers la vitre qu'il a bien mes ballerines et me demande de m'allonger mais avant avoir eu le temps de le faire, je le vis prendre mes chaussures, sentir l'intérieur et les poser à côté de lui.

Je m'allonge sans prendre vraiment conscience de ce qu'il vient de faire et reste immobile. Quelques secondes plus tard, l'examen était déjà fini. Le médecin revient dans la pièce de la machine, me redonne mes ballerines et me reconduis au box où ma mère m'attendait.

A peine arrivée, ma mère harcèle le médecin de questions.

Il tente de la calmer avant de l'informer que le scanner n'a révélé rien d'anormal. Ma mère rassurée pousse un ouf de soulagement mais le médecin lui dit qu'il serait préférable que je reste cette nuit en observation afin de voir l'évolution de la situation.
Ma mère demande pourquoi ?
Et le médecin répond que cela est plus prudent au vu de la pression exercée sur mon ventre par mon agresseur et qu'elle sera appelée dès demain matin pour venir me récupérer.

Elle m'embrasse pour me dire au revoir mais avant son départ, je demande au médecin si je peux remettre mes vêtements pour dormir. Il accepte et demande à ma mère de prévenir une infirmière dès que je suis rhabillée afin qu'elle m'emmène à l'hôpital de jour pour y passer la nuit. Ma mère m'aide alors à me rhabiller jusqu'au moment où le policier entre dans mon box.

Ma mère et moi ignorions qu'il était encore là mais étant toujours présent il nous demande s'il peut prendre notre dépôt de plainte. Ma mère accepte. Le policier avance vers moi et me demande ce qu'il s'est passé. Je lui raconte que ma mère m'avait donné de l'argent pour m'acheter une glace et comme le marchand était de l'autre côté d'un couloir sombre, je devais le traverser, mais au milieu de celui-ci, un homme m'aborda et me posa des questions
Je répondis mais pendant que je le faisais, il s'approcha de moi, commença à me caresser les cheveux, le bras et le ventre avant de m'embrasser de force, j'ai essayé de le repousser mais ça l'a énervé et il m'a jeté par terre et pendant que j'essayais de me relever, il s'est mis derrière moi pendant que j'étais à quatre pattes et m'a tenu la taille.

Pour le faire lâcher, j'ai essayé de tordre ses doigts mais il a mis ses mains sur mon ventre en le serrant très fort et m'a donné des gros coups avec son zizi dans mes fesses.

Ma mère reprit la parole et rajoute qu'elle s'est inquiétée en ne me voyant pas revenir et en venant me chercher, elle a vu cet homme s'en prendre à moi, elle s'est alors mise à crier et il a fui en courant.
Après avoir tout noté sur sa tablette, le policier nous demande une description de l'homme. Je lui dis qu'il était de couleur noire, avec des dreadlocks ainsi que des gros bras et des grosses cuisses. Ma mère confirme ma description et dit au policier qu'elle pense que c'est un bodybuildeur et qu'il vient peut-être de la salle de sport du centre commercial.

Le policier note toutes les informations nécessaires avant de dire à ma mère qu'il va commencer son enquête par ce lieu avant de quitter le box. Ma mère me fait un gros bisou, me dit au revoir, sort de mon box puis appelle une infirmière pour s'occuper de moi. L'infirmière arrive rapidement et me conduit à l'hôpital de jour. A l'accueil de celui-ci, elle me laisse à une autre infirmière qui m'emmène jusqu'à ma toute petite chambre composée uniquement d'un lit et d'une petite table.

Ne sachant pas si j'ai mangé, l'infirmière me demande si j'ai faim. Je répondis oui. Après tout, je n'ai pas pu acheter ma glace et depuis mon agression, je n'avais rien mangé. Elle partit et revient avec un plateau. Il était composé de taboulé pour l'entrée, de poisson avec du riz pour le plat, une part de camembert pour le fromage et pour le dessert, une mousse au chocolat. Ayant tellement faim, j'ai tout avalé en seulement quelques minutes, l'infirmière en venant récupérer le plateau était impressionné par mon appétit et me dit d'aller dormir avant de quitter la pièce. J'enlève mes ballerines, m'allonge et dort instantanément.

Le lendemain matin, l'infirmière vient me réveiller. Après avoir ouvert les yeux, je remarque qu'il est huit heures du matin grâce à la pendule de ma chambre. Sur la petite table, il y a sur un plateau mon petit déjeuner.

Je mange le tout puis l'infirmière récupère mon plateau et m'informe que je dois patienter car le médecin passera dans la matinée pour me faire une échographie et que si les résultats sont bons, ma mère sera appelée pour venir me chercher.

Vers les dix heures, le médecin entre enfin dans ma chambre avec l'échographe. Ce n'est pas le même médecin qu'hier, lui c'est le chef de service de l'hôpital de jour mais il connait parfaitement mon dossier. Ça me rassure car je sais que je suis prise en main par un professionnel. Il me demande de m'allonger sur mon lit, met l'échographe près de moi avant de s'asseoir sur une chaise.
Il prend le flacon du liquide de contraste et le presse pour en mettre sur mon ventre.

Cette fois-ci, je savais à quoi m'attendre donc détendue, je ne pensais pas que le gel me fera un quelconque effet. Ce fût une énorme erreur de ma part car dès qu'il touche ma peau, il me glace le sang.

L'effet est pire que la dernière fois. Cette fois, j'avais carrément l'impression d'être paralysée par le froid.
Mon ventre était creusé et je ne pouvais plus bouger. Le médecin sûrement pressé par le temps, ne prend même pas la peine que mon ventre reprenne sa forme normale, étale avec la sonde le liquide de contraste et fait l'examen. Ce n'est qu'une fois qu'il a fini et que le gel fût essuyé, qu'il me dit que je n'ai rien et qu'une infirmière va appeler ma mère pour venir me chercher.

Deux heures plus tard, ma mère arrive enfin pour me récupérer. Soulagée que je n'ai rien, elle m'embrasse comme-ci j'étais passée à deux doigts de la mort. Elle remercie le ciel que je n'ai rien avant de me demander simplement de remettre mes chaussures et de la suivre pour rentrer à la maison.

De toute façon, aujourd'hui, je suis quasiment une adulte et je sais que je saurais me défendre si une situation similaire se présente.

De plus, retrouver mon corps d'avant est mon souhait le plus cher, j'ai donc hâte d'avoir mon premier rendez-vous.

10.
Le lendemain, c'est le jour J. Mon premier rendez-vous est chez le dentiste pour enlever mon appareil dentaire. Le rendez-vous est à quatorze heures mais à dix heures, j'étais déjà prête en espérant que le médecin appelle pour avancer le rendez-vous car j'étais pressé d'enlever mes bagues. Malheureusement, ce ne fût pas le cas, je passe donc ma matinée à regarder la télé. A midi, vient l'heure du repas. Ma mère m'appelle pour mettre la table. J'installe alors seulement deux assiettes sur la table car je suis seule à la maison avec ma mère. Mon père a dû partir au travail mais quand il rentrera ce soir, il verra enfin mon joli sourire sans appareil.

Une fois le repas terminé, je débarrasse mon assiette pour la mettre dans le lave-vaisselle avant de filer dans la salle de bain pour nettoyer mes dents de toutes les manières possibles.
Brossage, bains de bouche, brossette inter dentaires et même fil dentaire tout y passe.

A la fin, mes dents sont impeccables et blanches comme de l'ivoire. Mais à peine terminée, ma mère m'appelle car il est temps d'y aller. Je descends les escaliers à la hâte, sort de la maison et monte dans sa voiture.
Pendant le trajet, excitée par l'idée d'enlever mon appareil et d'avoir un sourire magnifique, je n'arrête pas de la soûler même si je sais que cela est uniquement la première étape d'une longue série de rendez-vous car cela me donnera une idée de mon futur physique.

Vingt minutes plus tard, ma mère et moi arrivons chez le dentiste, le parking est bien rempli, en faisant le tour, nous remarquons qu'il est complet mais heureusement pour nous, un véhicule quitte le stationnement. Nous prenons immédiatement la place et nous descendons de voiture pour rejoindre l'établissement.

Ce lieu ne possède pas simplement un dentiste mais également d'autres professionnels de santé car il s'agit d'un centre médical.

D'ailleurs, mes autres rendez-vous seront également ici mais malheureusement pas aujourd'hui.

Une fois la porte d'entrée passée, nous voyons que la salle d'attente est pleine de monde. Combien de temps vais-je devoir attendre ? me demandai-je. Pour le savoir, je me présente à la réceptionniste.
-Bonjour Madame,
-Bonjour
-J'ai un rendez-vous avec le dentiste pour m'enlever mon appareil dentaire
-A quelle heure ?
-14h
-Vous êtes en avance.
-Oui je sais, j'ai vraiment hâte qu'il me l'enlève. C'est pour ça que je suis déjà là.
-C'est votre jour de chance, le dentiste n'a pas beaucoup de rendez-vous aujourd'hui. Vous avez seulement une personne devant vous. Allez-vous asseoir, il vous appellera dès que ce sera votre tour.
-Merci Madame.

Je me retourne pour aller m'asseoir et par chance, face à moi, deux places viennent de se libérer. Ma mère et moi, les prenons et patientons. Combien de temps allons-nous patienter ? J'ai qu'une seule personne devant moi mais ne sachant pas pourquoi elle est là, il est difficile d'estimer le temps d'attente mais heureusement pour nous, le dentiste m'appelle seulement vingt minutes plus tard car c'est mon tour. Avec ma mère, nous nous levons et entrons dans son cabinet. A l'intérieur, son siège de dentiste est face à la porte tandis que son bureau est situé à gauche. Je commence à m'asseoir à son bureau avec ma mère pour régler toutes les formalités administratives puis il me dit :
-Vas-y installe toi, nous allons commencer.
Je me lève de ma chaise pour m'allonger sur son unit dentaire puis à son tour, il se lève de sa chaise, pour prendre un masque, des gants et du matériel. Il vient s'asseoir sur un tabouret à côté de moi et me dit :

-Pour commencer, je vais regarder l'état de tes dents et voir si l'appareil dentaire a correctement fait son travail. Ouvre la bouche.

J'ouvre la bouche et avec un petit miroir, il regarde la propreté, l'alignement et l'état de mes dents car avant de prendre la décision d'enlever mes bagues, il doit examiner mes dents une par une.

Puis après avoir terminé, il me dit :
-Bonne nouvelle, je vais pouvoir t'enlever tes bagues tout de suite.

J'ouvre alors ma bouche au maximum et à l'aide de ses instruments, il commence par m'enlever les arcs métalliques qui m'aidaient à réalignés mes dents avant de s'attaquer aux bagues une par une.

Puis quarante minutes plus tard et un dernier effort pour rincer ma bouche, le dentiste a enfin terminé.

Soulagée, je quitte le fauteuil pour retrouver ma mère toujours assise devant le bureau du médecin.

Il nous rejoint après avoir jeté ses gants et son masque avant de remplir un dernier document qu'il tend à ma mère en lui faisant un clin d'œil. Ma mère se met à lui sourire gênée. Voyant cela, je me demande « Que se passe-t-il entre eux ? Ont-ils une liaison ? » Je n'ai pas la réponse à la question mais peut-être que je vais l'avoir car le médecin me demande de patienter dans le couloir car il souhaite discuter avec ma mère en privé.

Respectant sa demande, je sors dans le couloir. Le médecin ferme la porte derrière moi et je m'assois sur une chaise juste à côté de la porte du cabinet pour pouvoir les écouter.

-Caroline entendais-je à travers la porte. Sais-tu pourquoi j'ai demandé à ta fille de sortir ? Tu m'as promis quelque chose si je m'occupais de ta fille. Maintenant que c'est fait, j'attends ma récompense.
-Ecoute, je vais te faire ce que je t'ai promis mais pas ici, je vais te fixer un rendez-vous pour qu'on se revoit
-Caroline, ce n'est pas ce que tu m'avais promis.

-Je sais mais il y a ma fille de l'autre côté de la porte
-Tu préfères qu'elle te voie
-Non, mais pas ici. Je t'en supplie
-Je ne te laisse pas le choix. Viens ici.
J'entends marcher ma mère en direction de la porte puis plus rien.
Curieuse, je colle mon oreille contre la porte et j'entends le médecin dire :
-Tu vois ça. Tu vas t'en occuper maintenant
-D'accord, mais pas longtemps.
-Cela ne dépend que de toi. Si tu es douée, ça ne durera pas longtemps.
Je n'entends pas ma mère lui répondre. A la place, j'entends un bruit que je ne reconnais pas immédiatement mais après l'avoir entendue de manière répétée, je comprends qu'elle a la bouche occupée mais elle ne semble pas vouloir en profiter. Au contraire, on dirait qu'elle souhaite qu'il éjacule rapidement. Pendant qu'elle le suce, j'entends le dentiste dire :
-Continue comme ça Caroline, j'adore ça.
Elle continue de le sucer avec entrain quand il lui dit :

-Regarde-moi dans les yeux quand tu me suce.

Encore plus curieuse après avoir entendu ceci. Je décide de pousser légèrement la porte du cabinet pour pouvoir passer ma tête au travers de l'entrebâillement pour voir à l'intérieur de la pièce.
Là, j'y vois ma mère, regardant le spécialiste dans les yeux et qui tente de lui faire une gorge profonde mais comme son engin est énorme, elle a beaucoup de mal à le rentrer dans son orifice buccal. Pour l'aider, il prend sa tête entre ses mains et balance sa bite d'avant en arrière pour la faire rentrer davantage dans sa bouche.
Visiblement, ça fonctionne car je vois sa bite disparaître à chaque coup, un peu plus profondément jusqu'à qu'il arrive au bout du tunnel et s'immobilise durant plusieurs secondes. Pendant ce temps, ma maman a des relents, des haut-le-cœur, des étouffements mais il reste impassible avant d'enfin lâchée sa tête. Elle profite de cette occasion pour ressortir la queue de sa bouche et reprendre de grandes bouffées d'air.

J'ai cru qu'il n'allait jamais la lâcher et qu'elle allait mourir étouffer sous mes yeux. Heureusement que ce n'est pas le cas.

Cependant, à peine a-t-elle eu le temps de reprendre sa respiration qu'il enfonce de nouveau sa queue toujours dure, directement et profondément dans sa bouche sans la prévenir, en maintenant sa tête contre lui de toutes ses forces jusqu'à pousser un râle de plaisir qui me fait comprendre qu'à cet instant précis, ma mère reçoit plusieurs jets de sperme au fond de sa gorge et se retire avec un sexe flasque me faisant comprendre qu'il n'y retournera pas mais que va-t-elle faire du sperme ? L'avaler ou le recracher ? Ne voyant rien ressortir mais l'entendant déglutir, je réalise qu'elle a tout avalé avant de se relever et de se diriger vers la porte pour sortir.

Prise de panique, en voyant ma mère arriver vers moi, je ferme la porte par réflexe juste avant qu'elle ne la rouvre comme-ci de rien n'était et me dit :

-Viens avec moi, j'ai réglé une dernière formalité avec le docteur. Maintenant nous pouvons partir.
Je la suis. Nous nous dirigeons vers l'accueil où nous déposons un dernier document avant de rejoindre la voiture et de rentrer chez nous.

11.

Le lendemain, ma mère et moi sommes retournées au centre médical car aujourd'hui, j'ai deux rendez-vous. Un premier avec un dermatologue et un second avec un nutritionniste. Nous patientons dans la salle d'attente pendant une bonne demi-heure afin d'être enfin appelé par le dermatologue. Nous le suivons et nous entrons dans son bureau. Ma mère lui explique la situation (à savoir que j'ai des boutons et nous souhaitons savoir ce qu'il est possible de faire pour les enlever). Le médecin commence à me poser toute une série de questions comme « Combien ai-je de boutons ? » « Sont-ils uniquement sur mon visage ou en ai-je ailleurs ? » « A quelle période ont-ils commencé à apparaître ? ». Après avoir répondu à ses questions, il m'invite à me mettre en sous-vêtements pour vérifier si la présence des boutons est sur l'intégralité de mon corps.

Je me lève de la chaise pour me déshabiller mais ayant à peine terminé de retirer mes vêtements, que le dermatologue m'accompagne jusqu'à sa table d'auscultation quand un détail le chiffonne. J'ai gardé mes chaussettes. Il me demande de les enlever car il a besoin que je sois pieds nus pour que l'examen soit réalisé entièrement. Après les avoir enlevées, je m'allonge sur la table à plat ventre et en tentant de regarder derrière moi, je vois qu'il positionne au-dessus de moi une sorte de loupe géante et me malaxe la peau centimètre par centimètre en me disant qu'il recherche les boutons naissants avant de me demander de me mettre sur le dos pour renouveler l'examen sur l'autre partie de mon corps. Il commence à analyser les boutons sur mon visage puis fait de même pour le reste de mon corps avant de revenir à hauteur de mon ventre pour insister sur mon nombril. Il le regarde avec insistance ainsi qu'à l'intérieur. Je pense qu'il y a un problème mais craignant sa réponse, je n'ose pas lui poser la question. Puis, il arrête de regarder à l'intérieur, se retourne, fouille dans plusieurs de ses tiroirs et sort de l'un d'entre eux, un écouvillon d'une quinzaine de centimètres.

Perplexe sur ce qu'il compte en faire. J'obtiens très vite la réponse lorsque je le vois commencer à le rentrer dans mon nombril. Au départ, tout se passe bien, l'écouvillon rentre lentement jusqu'à qu'il touche le fond de celui-ci mais le médecin ne s'arrête pas là, il continue de l'enfoncer pour le faire rentrer entièrement en moi. Ça me fait crier et tordre de douleur. Je suis littéralement pliée en deux, des larmes coulent de mon visage et je souffre le martyr. La douleur est tellement intense que j'espère m'évanouir pour ne plus rien sentir. Malheureusement, la douleur s'intensifie davantage jusqu'au moment où je me sens partir tout s'arrête soudainement car il vient d'enlever l'écouvillon de mon nombril et me dit seulement qu'il n'y a rien à signaler sans s'excuser de la souffrance qu'il m'a procuré. Il retourne s'asseoir à son bureau tandis que je la ressens encore un peu mais dès qu'elle est partie, je rejoins ma mère et le médecin à son bureau.

Puis sans dire un mot, il tend une ordonnance à ma mère. Elle la prend et tente de lire son écriture illisible jusqu'à qu'il intervient en lui disant qu'elle doit acheter une pommade, le CRYODERME, à appliquer sur chacun de mes boutons, trois fois par jour pendant une semaine.

Ma mère énervée par la douleur qu'il m'a causée prend brusquement l'ordonnance, nous sortons du cabinet sans se retourner et allons dans la salle d'attente pour attendre mon prochain rendez-vous. A peine arrivée, ma mère se dirige immédiatement vers la réceptionniste. Elle l'interpelle pour lui signaler le comportement du médecin que je viens de voir. Mais la dame ne pouvant rien faire, interrompt ma mère pour appeler le directeur du centre médical, l'informe qu'il sera là dans dix minutes et nous invite à nous asseoir. Dix minutes plus tard, le directeur est là et ma mère très en colère lui explique la situation. Après avoir écouté ses paroles, le directeur l'informe qu'il s'agit d'un acte médical classique, indispensable pour la détection d'un problème de peau.

Mais qu'avant de réaliser l'examen, il aurait dû expliquer à votre fille ce qu'il allait faire et la prévenir que l'enfoncement de l'écouvillon dans son nombril peut lui faire mal. Ne vous inquiétez pas, il sera convoqué ultérieurement dit-il et un rapport figurera dans son dossier à vie. Ma mère remercie le directeur et lui souhaite une bonne journée avant que nous retournions nous asseoir dans la salle d'attente pour attendre l'heure de mon rendez-vous suivant avec le nutritionniste. Une quinzaine de minutes plus tard, un homme en blouse blanche apparaît dans la salle d'attente et m'appelle. Ma mère et moi, nous levons de nos chaises et nous lui faisons signe pour signaler notre présence. Il nous demande de le suivre. Arrivés dans son bureau, nous fermons la porte et nous nous asseyons à son bureau. Il nous demande la raison du rendez-vous. Ma mère prend une nouvelle fois la parole à ma place et explique au médecin qu'on est là pour moi car depuis mon adolescence, j'ai commencé à prendre du poids sans discontinuer et aujourd'hui, nous désirons que je retrouve un poids normal.

Il me demande de me lever, d'enlever mes chaussures et de monter sur la balance. Je patiente quelques secondes qu'il note mon poids avant de me demander de me mettre contre le mur pour me mesurer. Après l'avoir fait, il me demande de me rasseoir avant de se rassoir lui-même à son bureau pour noter ces informations dans mon dossier et me demande d'autres informations dont il a besoin pour la création de mon dossier (Nom, prénom, âge, date et lieu de naissance…) ainsi que mes habitudes alimentaires afin de comprendre le déclenchement de ma prise de poids.

Une fois toutes les informations réunies et après analyse de ceux-ci.

Il pianote sur son clavier avant imprimer un document contenant toutes les informations sur chaque catégorie d'aliments avec les différents grammages à respecter pour retrouver mon corps d'avant et précise qu'il est impératif que je suive drastiquement ces instructions pendant de nombreux mois mais est incapable de me donner une date précise de résultat attendu puisque celui-ci dépend de mon métabolisme. De toute façon, cela n'a pas d'importance car je ferai tout mon possible, peu importe le temps que ça prendra.

Et après nous avoir donné toutes les clés pour réussir, le médecin nous souhaite bonne chance et nous donne sa carte pour le contacter pour des conseils avant de quitter son bureau.

12.
Trois ans plus tard et après de nombreux efforts sans jamais faillir, je retrouve enfin un IMC normal. J'en pleure tellement je suis heureuse. Ça fait dix ans que j'attends ça car mon corps a commencé a changé à partir de mes onze ans et aujourd'hui, j'en ai vingt-et-un. Mais la transformation n'est pas finie. Ma mère va m'apprendre à quitter mon attitude d'adolescente pour adopter celui d'une femme. Pour cela, elle me demande d'aller choisir dans sa chambre des vêtements, de la lingerie et des chaussures pour m'apprendre à les porter correctement. Je monte donc dans sa chambre fouiller dans son armoire, dans ses tiroirs et dans son placard avant de redescendre avec une mini-jupe et un crop-top mais aussi une nuisette, un tanga et des mules à talons plus du maquillage et une chaîne de cheville. Ma mère voyant mes choix, me félicite car elle voit d'ores et déjà que je sais choisir des vêtements qui plaisent aux hommes avant de m'expliquer qu'en portant de la lingerie, je n'ai pas besoin d'avoir une attitude

particulière mais si je dois marcher pieds nus, je dois le faire systématiquement sur la pointe des pieds car les hommes n'aiment pas quand ils sont sales.

Puis pour me montrer la démarche à adopter avec les vêtements que j'ai choisis, elle enfile le crop-top et la mini-jupe pour défiler devant moi. Sa démarche montre bien son passé de mannequin et après avoir fait un premier aller-retour devant moi, elle me demande si j'ai bien compris la démarche à adopter avec ces vêtements.

Lui répondant non, elle m'explique que je dois rouler des hanches quand je porte un crop-top et bouger les fesses avec une mini-jupe.

Je lui demande de refaire un aller-retour pour me montrer à nouveau le bon comportement à adopter avant de défiler à mon tour.

Je fais un premier, un deuxième puis un troisième passage pour comprendre ce qu'il faut faire avant de bien avoir la démarche puis elle m'explique également qu'il existe une technique imparable pour mettre n'importe quel homme à mes pieds. Cette technique s'appelle le dangling me dit-elle et pour me faire une démonstration, ma mère enfile sa paire de mules à talons avant de s'asseoir sur une chaise et de balancer sa chaussure grâce à ses orteils.
Je la regarde faire pendant plusieurs minutes avant de m'exercer à mon tour à cet art pendant de nombreuses heures jusqu'à parfaitement le maîtriser et le faire automatiquement avec tous les styles de chaussures.

Quelques jours plus tard, suite à l'achèvement de ma transformation, ma mère décide de jeter tous mes vêtements pour renouveler totalement ma garde-robe.

Pour cela, nous allons en voiture au centre commercial le plus proche pour y faire une immense séance shopping. A peine arrivées, je ne sais pas où aller en premier car tous mes marques préférées ont une boutique dans cet endroit mais pour ne rien oublier, ma mère a fait une liste de tous ce dont j'ai besoin. Pour commencer, on va chez Optic 2000 pour changer mes lunettes.

Avec l'aide de l'opticienne et de ma mère, j'opte pour mes montures mettant mon visage en valeur puis nous allons également chez Bershka, Zara et Jennyfer pour les robes, jupes, tee-shirts, débardeurs et jeans mais aussi crop-tops et mini-jupes. J'ai d'ailleurs longtemps hésité pour arrêter mes choix.

J'ai entrainé ma mère plusieurs fois dans chacun pour essayer plusieurs fois chaque vêtement et prendre sur ses conseils ceux qui me vont le mieux. Mais pour la lingerie et les chaussures, mes choix étant bien arrêtés. J'ai acheté des collants et un bikini chez Calzedonia puis des ballerines et des mules à talons chez San Marina mais je voulais aussi une nuisette noire transparentes avec des dentelles avec un tanga assorti alors pour trouver mon bonheur, je parcours toutes les boutiques de lingerie du centre commercial. Intimissimi, Rouge-Gorge, Etam mais c'est chez Darjeeling que je jette mon dévolu en trouvant exactement la nuisette de mes rêves.

Après avoir réglée mes articles, je demande à la caissière s'il est possible que je me change avant de sortir du magasin car je souhaite porter une de mes tenues nouvellement achetées. Comme elle accepte, je me rends avec mes sacs, dans une cabine d'essayage au fond du magasin pour y choisir une tenue adaptée à la température extérieure et après avoir fouillée dans mes nombreux sacs, je ressors de la cabine en portant un crop-top, une mini-jupe et des mules à talons pour rejoindre ma mère qui se met à pleurer en me voyant.

Je me précipite dans sa direction pour la consoler pensant qu'elle venait d'apprendre une mauvaise nouvelle mais elle me répond avec les larmes aux yeux « ça y est mon bébé est devenue une femme. » avant de les sécher et quitter le centre commercial mais sur notre chemin pour rejoindre la voiture, nous passons devant une bijouterie.

Je demande à ma mère de nous y arrêter pour regarder les bijoux et dans la vitrine, je vois une jolie chaîne de cheville, toute fine, en or. Son prix est de 60 €. Ma mère insiste que je le prenne car selon elle, une femme est encore plus féminine en portant ce bijou mais je vois également une chaîne de taille assortie avec des petites perles blanches nacrées. Hésitante sur mon choix, j'appelle la vendeuse pour lui dire que je veux acheter les deux mais elle me propose de prendre en plus, une jolie paire de créoles en or. Je les trouve certes très belle mais je décline son offre car je n'ai pas les oreilles percées.

Déçue de mon refus, la vendeuse me fait alors une ultime proposition. Elle me propose de me percer les oreilles gratuitement si j'achète cette paire de boucles d'oreille. Je regarde ma mère pour avoir son avis.

Elle acquiesce. Donc à mon tour, j'approuve la proposition de la vendeuse qui m'emmène dans une pièce à l'écart prévue spécialement pour le perçage d'oreille et la pose de piercing.

Quelques minutes plus tard, après le perçage terminé, je rejoins ma mère habillée des créoles et de la chaîne de cheville avant de prendre la voiture pour rentrer jusqu'à que nous décidons de nous arrêter dans un bar situé à proximité pour boire un verre. Arrivées sur place, un serveur nous accueille et nous demande si nous souhaitons nous installer à une table à l'intérieur ou en extérieur. Au vu du beau soleil et de la température élevée, nous choisissons sans hésiter la terrasse. Le serveur nous indique une table libre et nous nous y installons le temps qu'il aille chercher la carte des boissons. Après nous l'avoir donnée, il repart quelques instants pour nous laisser faire notre choix.

Nous ouvrons chacune la nôtre afin de choisir ce que nous allons prendre mais pendant ce temps-là, je fais du dangling machinalement jusqu'au moment où le serveur revient pour prendre notre commande. Je décide de prendre de l'Oasis tropical quant à ma mère, elle se laisse tenter par un café.

Le serveur repart pour aller chercher nos consommations tandis que ma mère, ayant une envie pressante, quitte la table pour aller aux toilettes. Pendant son absence, un jeune homme assis à la table d'en face décide de venir m'aborder. C'est un grand black avec des cheveux crépus, de nombreux tatouages ainsi que des abdos sous son tee-shirt blanc moulant. Continuant mon dangling, il commence à me parler :

-Bonjour, je m'appelle Gaspard
-Enchantée, moi c'est Ingrid
-Tu sais, je te regarde depuis tout à l'heure et tu me plais beaucoup
-Merci, tu es vraiment pas mal
- Est-ce je peux avoir ton numéro ?
-Non, je ne préfère pas te le donner mais si tu souhaites me donner le tien, je t'appellerai peut-être un de ses jours.

Il me donne son numéro.
-J'espère vraiment que tu me contacteras.
Passe une bonne journée.
-Merci, toi aussi.

(Je ne lui ai pas dit mais il me plaît beaucoup et c'est tout à fait mon type d'homme mais étant toujours vierge, je ne voulais pas le faire fuir.)

Après notre conversation, il quitte le bar juste avant que ma mère revienne s'asseoir à notre table. Je décide de ne rien lui dire concernant le garçon qui vient de m'aborder et nous continuons à boire nos boissons. En discutant, elle me dit que demain soir, elle va passer un week-end avec ses amies dans un spa situé dans le sud de la France. Souhaitant savoir pourquoi elle ne m'a pas prévenue plus tôt, je lui pose la question et elle me répond qu'elle n'était pas sûre d'y aller car elle attendait la confirmation d'une amie qu'elle vient d'avoir quand elle était aux toilettes.

Puis après avoir terminés nos verres, nous récupérons nos sacs et montons dans la voiture pour rentrer. Sur le chemin, ma mère me conseille de continuer à m'exercer à être une femme à la maison et me conseille de porter une tenue légère.

Trouvant que c'est une bonne idée. Je fonce dans ma chambre avec tous mes sacs pour les ranger dans mon armoire. J'en profite également pour me changer avant de rejoindre mes parents dans le salon pendant que ma mère informe mon père qu'elle va passer le week-end avec ses amies dans le sud de la France et qu'elle partira vendredi pour rentrer dimanche.
-Pas de problème répond mon père, ne t'inquiètes pas, je m'occupe de tout pendant ton absence.
-Je savais que je peux compter sur toi.
Il s'embrasse.
-Comment tu y vas ?
-Je dois prendre le train à la gare de Trouville-Deauville pour aller jusqu'à Paris puis je dois prendre un autre train pour aller dans le sud. J'ai d'ailleurs besoin que tu m'emmènes à la gare.

-Pas de problème ma chérie. Ingrid et moi, on viendra avec toi à la gare. Ton train part à quelle heure ?
-Il part à 13h, il faudra qu'on parte de la maison à 12h et qu'on mange à 11h.
-D'accord mon amour, on mangera plus tôt que d'habitude
-Bon, je te laisse. Je monte dans la chambre pour préparer mes affaires.

13.

Le lendemain, après le déjeuner, ma mère part chercher sa valise dans sa chambre puis nous montons dans la voiture pour partir en direction de la gare. Sur la route à cause des embouteillages, nous arrivons sur place avec seulement cinq minutes d'avance. Nous courons à l'intérieur du bâtiment pour voir sur les écrans d'informations de quel quai part son train avant de composter son billet et de courir sur le bon quai. Le train est là. Nous nous dépêchons d'aller jusqu'à la bonne voiture et nous voyons à travers les vitres que les passagers ont déjà embarqués. Arrivés à la bonne porte, ma mère a à peine le temps de nous embrasser et de monter dans le train que la porte claque derrière elle avant de s'éloigner au loin.

Une fois le train parti, mon père et moi rejoignons la voiture et sur le chemin du retour, nous discutons de ce qu'on va manger ce soir :
-Ingrid, que veux-tu manger ce soir ?
-Je ne sais pas trop et toi, tu as une idée ?
-Non, il n'y a rien qui te passe par la tête.

-Peut-être un couscous mais tu ne sais pas cuisiner ça.
-Bien sûr que si je sais faire un couscous et je te montre ça à une condition.
-Laquelle ?
-Que tu m'aides à faire à manger
-Pas de problème papa.

Afin de pouvoir faire notre repas de ce soir, nous faisons un petit détour sur le chemin du retour pour aller au supermarché, y acheter tous les ingrédients. Sur le parking, nous nous garons à côté de l'abri à chariots et nous en prenons un avant de rentrer dans le magasin. Nous faisons le tour des rayons et le remplissons de semoule, courgettes, carottes, navets, poulets, épices et merguez avant de passer en caisse et de reprendre la voiture pour continuer notre route.

A la maison, nous déchargeons les sacs de courses de la voiture pour les déposer en cuisine. Mon père sort la couscoussière et commence à préparer la semoule.

Pendant ce temps, je me charge d'éplucher les carottes et les navets avant de les couper en morceaux et de les réserver. Mon père s'occupe ensuite du poulet, des merguez et des épices avant de les mettre dans la couscoussière avec les légumes et cuit le tout à feu doux. En attendant l'heure du repas, je vais dans ma chambre et j'enlève mes ballerines pour me poser sur mon lit et regarder des vidéos sur mon téléphone pendant que mon père surveille la cuisson. Plusieurs dizaines de minutes plus tard, mon père m'appelle pour passer à table car le repas est prêt. Je pose mon téléphone sur ma table de chevet, remets mes ballerines et le rejoins dans la salle à manger. En arrivant, je vois qu'il a déjà mis la table et servi mon assiette. Je le remercie, m'assois en face de lui et commence à manger. Pendant le repas, mon père fait tomber sa fourchette par terre. Il se baisse pour la ramasser et voit que je fais du dangling sous la table. Il la met dans l'évier avant d'en prendre une autre et de continuer à manger. Quelques minutes plus tard, il la fait de nouveau tomber. Il se rebaisse et voit que je fais

toujours du dangling. Il la ramasse encore pour la mettre une nouvelle fois dans l'évier et après en avoir pris une troisième, se rassoit à table et me dit :
-Ingrid, puisque ta mère n'est pas là. Est-ce que ça te dit de dormir avec moi dans le même lit comme quand tu étais petite ?
-Je ne sais pas. Je pense que ça la dérangerait.
-Ca ne la dérangerait pas du tout. Je suis sûre qu'elle te l'aurait proposé si tu étais seule avec elle. En plus, comme tu as grandi, on ne peut plus t'accueillir dans notre lit mais si tu étais encore petite, tu pourrais toujours dormir entre nous.
-D'accord papa, après le repas, je viendrai dans ta chambre pour dormir avec toi.

Après avoir fini de manger, je lave la vaisselle avant de retourner dans ma chambre pour me changer. J'y enlève mes chaussures et tous mes vêtements pour mettre mon pyjama mais soudain, je me souviens que ma mère les a tous jetés et qu'il me reste uniquement mes nuisettes achetées récemment avec elle.

J'enfile donc ma nuisette noire bordée de dentelles et le tanga assorti avant de le rejoindre pieds nus dans sa chambre.

Arrivée dans sa chambre, face au lit, mon père simplement vêtu d'un caleçon me demande si je préfère dormir à gauche ou à droite. N'ayant pas de préférence et sachant que ma mère dort du côté droit, je décide de choisir ce côté pour ne pas déranger les habitudes de mon père.

Nous nous allongeons chacun de notre côté et nous nous souhaitons bonne nuit avant d'éteindre la lumière. Dans le noir, lorsque je commence à somnoler.

Je sens mon père se retourner dans le lit et venir se coller à moi en posant sa main sur mon ventre mais étant trop fatiguée, je n'ai aucune réaction puis quelques minutes plus tard, je sens un truc durcir entre mes fesses. Je n'y prête aucunement attention et continue d'essayer de dormir jusqu'au moment où l'objet durcit davantage. Maintenant, le sexe de mon père est tellement dur que cela m'empêche de dormir.

Heureusement, il me lâche rapidement et retourne de son côté du lit pour allumer mais gênée par l'éclairage, je me retourne dans sa direction pour lui demander pourquoi a-t-il allumé la lumière ? lorsque je le vois ouvrir le tiroir de sa table de chevet. A l'intérieur, se trouve une boîte de préservatif, qu'il ouvre pour en prend un. Comprenant son intention, je lui dis :
-Papa, qu'est-ce que tu fais ?
-Tu le vois bien Ingrid, je prends un préservatif pour te faire l'amour.
-Mais papa, je suis ta fille.
-Chérie, c'est pour ça que je prends un préservatif. C'est pour ne pas te mettre enceinte. Ta mère ne me le pardonnera pas.
-Mais papa, je ne veux pas faire l'amour avec toi
-Alors pourquoi tu m'as allumé Ingrid ?
-Je n'ai rien fait.
-Si chérie, quand j'ai fait tomber ma fourchette par terre et que je l'ai ramassé, j'ai vu que tu faisais du dangling. J'ai même fait exprès de la faire tomber une seconde fois et j'ai vu que tu faisais toujours du dangling.

-Papa, je n'ai pas fait exprès de t'allumer. C'est maman qui m'a appris à faire ça pour avoir le comportement d'une femme.
-Tu vois, cela a fonctionné mais maintenant tu dois m'éteindre. Ne t'inquiète pas, je sais que tu es vierge alors je vais y aller doucement.
Ne voulant pas manquer cette opportunité de découvrir le sexe, je lui dis :
-Qu'est-ce que je dois faire papa ?

Mon père descend du lit, se positionne à son extrémité, enlève son caleçon et me dit :
-Mets-toi à quatre pattes devant moi.
Devant moi, se dresse l'énorme bite de mon père. Je suis impressionnée car c'est la première fois de ma vie que je vois un pénis d'aussi près. Il déchire l'emballage du préservatif avec ses dents, se le met et me demande de le masturber mais ne sachant pas comment m'y prendre, je n'ose pas toucher son sexe. Il prend alors ma main, la pose sur sa queue et me demande de faire des va et vient. Je me lance timidement mais très vite, j'ai les encouragements de mon père qui me dit :

-C'est bien ma chérie, essaie d'aller plus vite.
J'accélère le mouvement mais celui-ci étant encore trop timide à son goût, pose sa main sur la mienne et imprime la cadence désirée.
-Je m'y prends bien papa.
-Oui Ingrid, ça me fait du bien. Maintenant, fais-moi une fellation s'il te plaît.
En entendant sa demande, mon corps se bloque. Que dois-je faire ? me demandais-je.
Voyant mon hésitation, mon père me dit :
-Embrasse ma bite
Dégoûtée par sa demande mais pour son plaisir, je commence par embrasser son gland toujours habillé par la capote puis sentant l'excitation monter, je prends l'initiative d'embrasser son sexe de tous les côtés.
- Lèche-la maintenant.

Je tire ma langue mais à cause de l'appréhension de ce que je m'apprête à faire. Je ferme les yeux et bouge ma tête pour lécher de bas en haut.

Ma première tentative est sans succès car je donne un coup de langue dans le vide, idem pour la deuxième mais à la troisième, ma langue entre en contact avec sa queue et à ce moment, mon corps frisonne de plaisir. Je n'avais jamais senti cette sensation auparavant mais elle me pousse à continuer. J'ouvre les yeux et prenant mon courage à deux mains, je lèche à plusieurs reprises son gland en regardant mon père dans les yeux.
-Tu te débrouilles très bien ma chérie. Maintenant on va passer à l'étape suivante. Suce-moi.
-Je ne peux pas faire papa.
-Pourquoi ma chérie ?
-Ta queue est énorme, elle ne rentrera jamais dans ma bouche.
-Si, ne t'inquiètes pas, ça va rentrer. Ta bouche fait à peu près la même taille que celle de ta mère et ça rentre facilement dans la sienne.
-J'ai peur papa
-N'aie pas peur ma chérie, je ne te ferai jamais de mal uniquement du bien et je sais que ça deviendra ton péché mignon comme ta mère.
-Elle aime sucer maman ?

-Oui, elle adore ça. A chaque fois que tu n'aies pas là et qu'on regarde la télé, il y a toujours un moment où elle se met à genoux entre mes jambes pour me sucer. D'ailleurs, une fois, quand tu es rentrée plus tôt du lycée, elle venait juste de finir de me sucer et quand elle t'a embrassé, elle avait encore mon sperme dans sa bouche. C'est seulement quand tu es partie dans ta chambre qu'elle l'a avalé.
-Comment tu le sais papa qu'elle n'avait pas avalé ?
-Je lui ai posé la question et elle a ouvert sa bouche pour me montrer que le sperme était encore là avant de l'avaler sous mes yeux.
-Est-ce que comme maman, je peux goûter ton sperme ?
-Tu ne préfères pas une éjaculation faciale Ingrid ?
-C'est quoi une éjaculation faciale, papa ?
-C'est exactement la même chose qu'une éjaculation buccale mais le sperme va atterrir sur ton visage. Après, si tu veux, je prendrais une cuillère pour le récupérer et le mettre dans ta bouche pour que tu puisses y goûter.
-D'accord papa, je veux essayer ça.

-Alors si c'est ce que tu veux, suce-moi.

J'ouvre alors ma bouche, je ferme mes yeux et j'avance ma tête jusqu'à sentir le préservatif entourant son sexe se frotter à mes lèvres avant de reculer, effrayée par la taille de celui-ci.
Voyant cela, mon père me dit :
-Ingrid, il faut que tu ailles plus loin.
-D'accord papa, je vais réessayer.
Je fais une seconde tentative en allant un peu loin mais une fois de plus, j'ai peur et je recule.
-Chérie, il ne faut pas que tu aies peur.
-Je sais papa mais je n'y arrive pas.
-Ecoute ma chérie, si tu as du mal avec la méthode douce, on va utiliser la méthode forte.
-Qu'est-ce que c'est papa ?
-C'est simple, tu vas simplement ouvrir la bouche, et moi, en tenant ta tête, je vais imprimer le rythme.
-J'ai peur.
-Fais-moi confiance et rappelle-toi ce que je t'ai dit. Je ne te ferai jamais de mal uniquement du bien.
-D'accord papa.

J'ouvre encore ma bouche et ferme de nouveau mes yeux. Je sens les mains de mon père se poser sur ma tête et la tenir fermement. Je la sens bougée mais je ne maîtrise plus ces mouvements. Je suis totalement soumise à ses coups de bite effrénés reçus dans ma bouche. La pénétration est beaucoup plus importante. Sa bite rentre à un point que je n'aurais pas pu imaginer. A chaque coup, elle frôle ma luette. Il se sert de ma bouche comme s'il était dans mon sexe pendant que ma salive lubrifie sa bite à chacun de ses passages. Excité par la vue de son sexe plein de ce liquide clair et visqueux, il accélère davantage et vas désormais au fond de ma gorge. Il m'étouffe.

J'ouvre les yeux, regarde dans sa direction mais ne pouvant plus parler, j'essaie de lui faire comprendre grâce à mon regard que je n'en peux plus mais ne me regardant pas et pensant qu'à son plaisir, il continue de me forcer à lui faire des gorges profondes. Je m'étouffe toujours.

Mes relents sonores et un excédent de bave le prouve mais il n'y prête pas attention car il enlève sa bite de ma bouche uniquement lorsqu'il l'a décidé. Et après plusieurs secondes interminables, il retire enfin son sexe de ma bouche. Profitant de ce moment d'accalmie, je dois prendre rapidement une décision. Dois-je dire à mon père que je veux arrêter de le sucer ou dois-je reprendre de l'oxygène ? Je choisis la deuxième option mais mal m'en a pris car quelques secondes plus tard, c'était reparti et toujours aussi violemment. En fait, c'est pire car maintenant, j'ai droit à plus de gorges profondes sans interruption. Une, deux, trois, quatre…, j'en fais tellement qu'il m'est impossible de les compter. Heureusement, lors d'une nouvelle accalmie, je respire de nouveau et j'en profite pour lui demander d'arrêter :
-Papa, arrête s'il te plaît.
-Qu'est-ce qu'il y a Ingrid ?
-Je ne veux plus te sucer.
-Pourquoi ma chérie ?
-C'est trop violent pour moi.

-C'est normal, c'est ta première fois mais tu vas voir que tu vas finir par aimer ça.
-Allonge-toi Ingrid

Après m'être allongée sur le lit, mon père vient sur moi. Mes yeux sont plongés dans les siens. Je vois dans son regard pénétrant qu'il a très envie de moi. J'ai aussi envie de lui mais ne sachant pas quoi faire je reste bloquée.
Heureusement pour moi, il fait le premier pas. Il s'approche et commence à m'embrasser. Nos lèvres se caressent dans un baiser passionné juste avant que nos langues s'entremêlent. Nos salives se mélangent et des bruits de bouche se font entendre. Notre baiser semble interminable et rien ne semble vouloir l'arrêter car nous sommes deux adultes brûlant de désir l'un pour l'autre. Par nos actes, nous sommes prêts à franchir la limite de l'interdit et personne ne pourra nous arrêter.

Puis plusieurs minutes d'un baiser voluptueux, mon père descend lentement et commence à m'embrasser dans le cou.

La chaleur de sa respiration et ses lèvres brûlantes m'enivre et me plonge dans un état second.

Ma tête bascule en arrière exposant davantage mon cou à ses baisers. Le contact de ses lèvres et de sa langue sur ma peau change le rythme de ma respiration. Elle devient saccadée, comme-ci je venais de terminer une intense course à pied.

Mon père toujours brûlant de désir pour moi, lèche mon cou de bas en haut me provoquant des gémissements incontrôlables montant crescendo. Je prends de plus en plus de plaisir et un orgasme vient à l'horizon quand soudain, il s'arrête et descend en léchant mon vêtement jusqu'au niveau de mon ventre.

Il soulève ma nuisette laissant apparaître mon ventre blanc crémier. Il y passe son nez pour sentir mon odeur mais cela me provoque des chatouilles. Je me mets à rire et mon père me dit :
-Pourquoi tu ris Ingrid ?
-Tu me chatouilles papa.

-Désolé ma chérie, je ne pensais pas que tu sois si chatouilleuse.

Il laisse mon ventre et descend encore d'un étage. Attrape mon tanga et le fait glisser le long de mes jambes. Arrivé à l'extrémité de mes pieds, il le jette par-dessus son épaule sans regarder et commence à attraper mes pieds. Ses mains pleines de douceurs commencent à les caresser avec volupté. Je trouve la situation gênante et malsaine car il regarde mes pieds comme un enfant face à des bonbons.

Pour ne plus voir ça, je décide de fermer mes yeux mais quelques secondes plus tard, je ressens une forte chaleur et de l'humidité entourant mon pied. En ouvrant mes yeux, je vois la totalité de mes orteils englouti par sa bouche. Je lui demande de les enlever et il me répond « Pourquoi ? ». Quand il prononce ce mot, mon visage change d'expression. Une vague de frisson parcourt mon corps. Je comprends que la dégustation d'orteils peut me donner du plaisir et lui dit :

-Vas-y continue papa.

Avant de refermer mes yeux pour mieux profiter de l'instant jusqu'au moment où mon père fais le chemin inverse et remonte pour arriver entre mes jambes. Devant lui, se tient mon vagin ouvert, humide mais vierge.

Il approche son visage fermé et concentré de ma chatte et avec sa langue, il commence à la lécher pour bien l'humidifier avant de s'attaquer à mon clitoris. Ses coups de langues sont précis, vifs et affutés. Le maniement est exemplaire car il ne touche que mon point de plaisir étourdissant mon corps et ma tête.

Il provoque en moi une coulée de cyprine qu'il avale directement et des gémissements puissants sortis du plus profond de mes tripes que mon père essaie d'atténuer en posant sa main sur ma bouche. Malgré tous ces efforts, cela ne fonctionne pas car je suis entrée dans le couloir de la petite mort et je n'y arrive pas à en sortir. Faut dire que les actions de mon père ne m'y aident pas et la tension est de plus en plus forte.

Je sens que j'atteins le point de non-retour et bien que sa main soit toujours sur ma bouche, je tente de le prévenir en lui disant :
-Je vais jouir.
Mais juste après avoir prononcé ces mots, une immense vague de plaisir me submerge. Ma tête explose comme la centrale nucléaire de Tchernobyl, un son aigu sorti de ma bouche brise un verre posé non loin de là et mon corps convulse pendant de longues secondes. Mon père me voyant dans cet état est inquiet pour ma santé, m'attrape par les épaules et m'appelle de toutes ses forces.
-Ingrid, Ingrid, est-ce que tu m'entends ? Dirige-toi vers le son de ma voix.
Malheureusement pour lui, je n'entends rien et je ne vois rien. Mon cerveau ne répond plus. Il court dans la cuisine chercher un verre d'eau qu'il me jette sur le visage sans succès. Complètement paniqué, il prend alors son téléphone pour appeler les secours quand je me réveille enfin. Il vient vers moi et me demande ce s'est-il passé ?

Je lui réponds que je viens simplement d'avoir un orgasme et lui me répond qu'il pensait m'avoir perdu.
-Mais papa, maman a déjà eu un orgasme n'est-ce pas ?
-Oui ma chérie mais ta mère ne réagit pas comme ça.
-Elle réagit comment maman ?
-Elle pousse un gros gémissement et son corps se crispe. Toi, ton corps convulse, j'ai cru que tu étais en train de faire une crise d'épilepsie. Je suis heureux que tu n'aies rien. Est-ce que tu souhaites qu'on continue ?
-Oui papa
-Alors déshabille-toi ma chérie

J'enlève ma nuisette et m'allonge sur le lit. Mon père écarte mes jambes et se rapproche lentement de moi. Une fois suffisamment près, il attrape son sexe pour commencer à le frotter quelques instants sur mon vagin avant de l'entrer en moi.

Mon corps se raidit et je cris. Je ressens une vive douleur entre mes jambes.

J'essaie de reculer pour faire sortir sa bite de mon corps mais la tête de lit me bloque. Je reste donc là avec mon père en moi, yeux dans les yeux jusqu'à que la douleur ne s'estompe et qu'il commence à bouger en moi mais son engin entre mes jambes me provoque une sensation d'inconfort.
Je lui en fais la remarque :
-Papa.
-Oui ma chérie
-Je ne suis pas à l'aise avec ton pénis entre mes jambes
-C'est normal car c'est ta première fois mais tu vas voir que tu vas très rapidement d'y habituer.
-Tu en es sûr ?
-Oui dans quelques minutes, tu vas d'instinct écarter encore plus tes jambes comme-ci tu avais l'habitude de te faire baiser et je pourrai accélérer.

Mon père avait raison. Quelques minutes plus tard, j'écarte mes jambes davantage comme-ci faire l'amour est naturel pour moi et que ma seule envie est d'accueillir une bite en moi. Il en profite pour accélérer.

Très vite, il atteint une vitesse élevée. Je suis secouée et le lit grince au rythme de ses assauts.

Dans un de mes multiples moments d'extase, je ressens le besoin de m'accrocher pour supporter davantage de coups de bite. Ma tête bascule en arrière et je vois les barreaux composant la tête de lit. Je m'y accroche mais seulement quelques instants plus tard, après avoir gémis un nombre de fois incalculables.

Mon père s'arrête et me dit :

-Ingrid, tu veux essayer une autre position ?

-Oui papa, laquelle ?

-Ça s'appelle la levrette et dans cette position, tu vas mieux ressentir ma bite en toi.

-D'accord papa mais qu'est-ce que je dois faire ?

-C'est simple ma chérie, lève-toi et mets-toi à quatre pattes sur le lit.

Après mettre mise en position, mon père se positionne à genoux derrière moi. Son sexe toujours tendu et équipé d'un préservatif.

Il m'agrippe ma taille et sans prévenir entre en moi d'un coup sec. Je pousse un gros gémissement de stupeur et une fois celui-ci terminé, il recule sans sortir complétement son engin de mon corps avant de m'assener un autre coup de bite puis un troisième. Les coups sont d'une extrême violence alors je me tourne vers mon père pour lui demander d'arrêter :
-Papa, est-ce que tu peux arrêter de me donner des coups de bite aussi violent ?
-C'est comme ça qu'on baise Ingrid. Pour le moment, tu n'as pas l'habitude mais bientôt c'est toi qui demanderas que ça soit aussi violent car tu deviendras une chienne comme ta mère.
-C'est quoi une chienne ?
-C'est un nom que les hommes donnent aux femmes qui adorent le sexe car leur position préférée c'est la levrette puisqu'elles sentent mieux la bite du mec dans cette position et qu'elles doivent se mettre à quatre pattes pour baiser.
-Mais papa, tu es sûr que ça doit être aussi violent.
-Oui ma chérie, fais-moi confiance. Tu sais que je ne te ferai pas de mal et si tu as besoin, tu peux t'accrocher aux draps.

-D'accord papa.

Je tourne de nouveau ma tête pour regarder droit devant moi. Les mains de mon père se pose de nouveau sur ma taille et les pénétrations rapides reprennent sans discontinuées. Je pense d'ailleurs pouvoir les subir sans difficultés mais seulement après quelques coups, je suis obligé de me tenir aux draps car chaque coup me pousse faire l'avant et risque de me faire tomber du lit.

Mais seulement quelques instants plus tard, mon père s'arrête. Il sort de mon corps et me demande de mettre à genoux par terre avant de se positionner debout devant moi, d'enlever le préservatif, le jeter au sol et commencer à se masturber. Son énorme pénis se trouve seulement à quelques centimètres de mon visage.

A l'extrémité, je vois un trou d'où doit sortir le sperme et à chaque va-et-vient, je me demande si ce coup-ci il va sortir mais rien ne vient.

Petit à petit, l'attente devient longue, mon attention se dissipe mais quand je m'y attends le moins, plusieurs jets de sperme sortent enfin et inonde mon visage. La quantité est tellement impressionnante que je comprends qu'il n'a pas éjaculé depuis longtemps.
Lui-même me le dit :
-Désolé ma chérie, je ne pensais pas que j'allais lâcher autant de sperme.
-Ce n'est pas grave papa.
-Si quand même mais c'est la faute de ta mère, elle ne m'a pas vidé avant de partir avec ses copines. A cause d'elle, tu as reçu tellement de sperme sur le visage que ça coule par terre.
-Papa, est-ce que tu peux aller chercher une cuillère dans la cuisine pour que tu puisses racler le sperme sur mon visage et me le faire goûter ?
-Oui Ingrid. J'y vais tout de suite.

Mon père part dans la cuisine et revient deux minutes plus tard avec une cuillère à soupe. Il la passe de bas en haut à plusieurs endroits de mon visage avant de me la mettre pleine dans ma bouche.

Le liquide semi-transparent a une texture visqueuse et un goût fort avec une note d'amertume. Je n'aime pas ce goût donc je décide de recracher mais avant d'avoir eu le temps de le faire, mon père me demande d'avaler. Soumise à ses propos, je ne réfléchis pas et m'exécute en le regardant dans les yeux avant de voir à l'extrémité de ses lèvres, une boule de salive se former et menaçant de tomber. Comprenant son intention de me cracher dans la bouche, je l'ouvre machinalement avant que mon père la lâche et que je l'avale.

Il me caresse la tête en me disant « C'est bien. » et en me demandant :

-Tu as aimé le goût du sperme.

-Non papa, ça a un goût amer.

-Ne t'en fais pas, à force d'avoir du sperme dans ta bouche et de l'avaler, tu vas finir par aimer ça.

-Je suis obligée d'aimer le goût du sperme.

-Oui, si tu veux devenir comme toutes les femmes, tu n'as pas le choix.

Je me relève et me dirige vers la salle de bain pour prendre une serviette et enlever l'excédent de sperme sur mon visage avant de retourner dans la chambre de mon père et de remettre mes sous-vêtements. En entrant, je le vois remettre son caleçon. Le préservatif usagé est toujours sur le sol mais visiblement son intention n'est pas de le ramasser car il retourne s'allonger dans son lit. Je me rhabille à mon tour et le rejoins pour dormir à ses côtés.

14.

Le lendemain matin, lorsque j'ouvre les yeux, je sens mon père m'embrasser sur la joue et dans le cou. Sa main est posée sur mon ventre sous ma nuisette et il enfonce un doigt dans mon nombril. Je tourne ma tête vers lui pour lui dire Bonjour et au moment où nos regards se croisent, il me fait un smack et je me blottis contre lui pendant quelques instants avant que nous décidions qu'il est temps de nous lever et d'aller prendre un bain. Nous nous dirigeons tous les deux dans la salle de bain et arrivés devant la baignoire, mon père ouvre l'eau chaude pour la remplir tandis qu'au même moment, je prends le flacon de bain moussant posé juste à côté et y verse une bonne quantité.

Une fois la baignoire pleine, mon père ferme le robinet et enlève son caleçon avant de s'installer dans la baignoire. Je me déshabille à mon tour et ne tarde pas à le suivre. Je pose mon dos contre son torse musclé, son souffle chaud me caresse le cou et sous l'eau, je sens son sexe dur entre mes fesses.

Nous discutons de tout et de rien mais après quelques instants, il commence à poser ses mains sur mes seins pour les caresser et les malaxer.
Il fait ça pendant un certain temps avant que sa main droite commence à quitter mon sein et à descendre en caressant mon ventre avant de disparaître sous l'eau. Je ne la vois plus mais je continue à la sentir. Elle descend encore, effleure mon nombril et arrive entre mes jambes. Là, deux de ses doigts traversent mes lèvres et entre en moi. Ils les agitent de haut en bas et me dit :
-Tu aimes ça Ingrid ?
-Oui papa, t'arrêtes pas
Mais il s'arrête tout en laissant ses doigts en moi et voulant qu'il continue à me faire du bien.
Je lui dis :
-Continue, je t'en supplie.
-Tu veux vraiment que je continue.
-Oui, pitié, fais-moi du bien.
Il reprend doucement. Je sais qu'il le fait exprès mais dans un premier temps, je ne dis rien car j'espère qu'il va rapidement changer de vitesse.

Ne le faisant pas, j'insiste auprès de lui pour changer ça. Heureusement pour moi, il écoute ma doléance et accélère enfin transformant ma respiration saccadée en gémissements.
Sous l'eau, mes hanches remuent et mes pieds pointent. Le plaisir ressentit m'oblige à m'agripper aux rebords de la baignoire tandis que mon père accélère encore. Lentement, une sensation de chaleur remplit mon corps. Le plaisir monte encore. Mes yeux se révulsent et ma langue sort. Je sens que je vais atteindre l'orgasme si mon père n'arrête pas et à peine quelques secondes plus tard, je l'atteins, me provoquant une cécité et des convulsions.

D'ailleurs, lorsque je jouis, sans m'en rendre compte, mon corps crée des vagues qui éjectent l'eau de la baignoire. Ce n'est qu'à mon réveil que je remarque que le sol de la salle de bain est complètement inondé. J'en demande la raison à mon père et il me répond que ce sont mes convulsions qui sont à l'origine de ces dégâts.

Puis après mon orgasme, nous décidons de sortir de la baignoire et encore nus, nous allons chercher des serpillères pour nettoyer l'eau par terre avant de retourner dans ma chambre pour m'habiller.
Pour aujourd'hui, je choisis de mettre une tenue simple pour passer la journée à la maison. Ce sera une tenue entièrement noire composé uniquement d'un débardeur, d'une mini-jupe en cuir et d'une paire de bas noires autofixants et transparents que je mets rapidement avant de me diriger vers la cuisine. Mon père est sur place et prépare le repas.

Pour l'aider, je me dirige vers le placard et me penche en avant pour prendre deux assiettes et mettre la table. En me penchant pour les récupérer, je dévoile mon séant que mon père regarde allègrement. Je me redresse, pose les assiettes sur la table et me dirige vers le tiroir pour récupérer des couverts ainsi que des verres. La table à peine mise, le repas est prêt. Mon père le pose sur la table dans un grand plat volumineux.

Je me lève pour faire le service et sers dans l'assiette de mon père, une généreuse quantité de pâtes carbonara avant de me servir à mon tour. Nous commençons à manger quand il me dit :
-Ingrid, qu'est-ce que tu as envie de faire aujourd'hui ?
-Je ne sais pas. Je pensais rester à la maison et regarder la télé. Pourquoi tu as une autre idée ?
-Oui, je me disais qu'on pouvait aller t'acheter un vêtement pour compléter ta tenue de femme
-Lequel ? Maman m'a déjà tout acheté.
-Un cat suit
-Qu'est-ce que c'est ?
-C'est une combinaison en latex qui moule ton corps et qui rend les hommes fous.
-Pourquoi ça les rend fous papa ?
-Quand un homme voit une femme en cat suit, une excitation sexuelle naît chez eux et leur donne une envie irrésistible de baiser la femme qui le porte.
-Tu crois que ça va me plaire ?

-Ecoute, je te propose qu'on finisse de manger et qu'on aille dans un magasin voir si ça te plait et si c'est le cas, je t'en achète un.
-D'accord mais tu me l'achètes uniquement si ça me plait
-Oui ne t'inquiète pas, tu prendras seule la décision
-D'accord papa.

Après avoir fini de manger, je retourne dans ma chambre pour me préparer avant de partir.
J'enlève ma paire de bas noirs, mets un tanga noir et des mules à talons avant d'aller dans le salon et de m'asseoir sur le canapé, le temps que son père se prépare.
Jambes croisées, en dangling et sur mon téléphone, il me rejoint quelques minutes plus tard.

15.

Nous quittons la maison et nous montons dans la voiture pour faire une longue route sous une chaleur écrasante. Arrivés sur le parking d'une zone commerciale, mon père trouve une place de stationnement juste en face du magasin où nous allons. Nous descendons de la voiture et nous entrons dans le magasin. Juste derrière les portes d'entrée, se trouvent une multitude de serre-tête avec des oreilles de chats de différentes races (roux, tigrés, blanc ou noir…) et comme ma couleur préférée est le noir, je prends tout naturellement un serre-tête avec des oreilles de chat de cette couleur. Puis un peu plus loin, un rayon est consacré aux queues d'animaux. Dans celui-ci, il n'y a pas seulement des queues de chats mais aussi de renards, furets… Sans hésitation, je choisis une queue de chat assortie aux oreilles précédemment prises et encore plus loin dans le magasin, voici enfin les cat suits. Tous emballés dans un sachet en plastique avec une photo de présentation du modèle. Je les trouve hyper beaux. Ils sont de toutes les couleurs avec ou sans

gants. Fidèle à mes préférences, je choisis un modèle noir sans gants avec une ouverture à l'entre-jambes quand soudain, une vendeuse nous aborde :
-Bonjour, est-ce que je peux vous aider ?
-Oui, nous venons pour acheter un cat suit pour ma fille. Elle a choisi ce modèle. Est-ce qu'il y a un moyen de l'essayer ?
-Oui, je vais vous chercher le modèle d'essayage et ensuite nous irons en cabine.

Après quelques instants d'attente, la vendeuse revient tenant le cat suit que j'ai choisi et nous demande de la suivre. Au fond du magasin se trouve un escalier que nous descendons et en bas des marches se trouvent un grand espace avec une vingtaine de cabines d'essayages. Elle nous emmène au fond et arrivés devant la dernière cabine au fond à gauche, elle me donne le cat suit que je veux essayer avant de nous informer qu'elle viendra nous voir plus tard.

Après l'avoir vu disparaître, je rentre dans la cabine, tire le rideau derrière moi et me déshabille. Une fois entièrement nue, je mets le cat suit mais je sors aussi de mon sac à main le serre-tête et la queue que je mets également avant d'ouvrir le rideau pour montrer ma tenue à mon père. En me voyant comme ça, il reste complètement bouche bée. Je lui propose de rentrer dans ma cabine mais paralysée par son excitation, j'attrape sa main pour le forcer à entrer avant de refermer le rideau derrière lui.

Il retrouve ses esprits, il me dit :
-Mets-toi au fond de la cabine et marche vers moi à quatre pattes et en miaulant.
Sans dire un mot, je m'exécute et pendant que je déplace dans sa direction. Je le vois ouvrir sa braguette, sortir sa bite déjà en érection et me dire « Viens chercher ton lait, petit chaton ». Arrivés à ses pieds, je me redresse et lèche le bout de sa queue en faisant des petits mouvements de langues comme un chaton hésitant, avant de l'enfoncer doucement dans ma bouche et de le sucer. Après une bonne centaine de va-et-vient, le lait n'est toujours pas sorti. Mon père m'invite alors à me retourner face au miroir situé au fond de la cabine et à me mettre à quatre pattes

pour me baiser. Pendant que je prends la position, il dégrafe son pantalon avant de le baisser, se place derrière moi et entre en moi sans prévenir. Cela me surprend et me fait crier mais ne voulant pas que je gémisse comme d'habitude, il me demande de miauler à chaque coup de bite avant de commencer des pénétrations profondes et régulières.

Soudain, des pas et des voix se font entendre dans le couloir.
En tendant l'oreille, je remarque qu'il s'agit d'une mère et de sa fille qui sont venus acheter un costume pour Halloween et je comprends que pour trouver le bon, la fille compte en essayer plusieurs ce qui va prendre du temps. Pire encore, malgré la vingtaine de cabines vides présentes en bas, elles décident de choisir celle qui est juste à côté de la nôtre.

Avant qu'elles ne l'atteignent, je demande rapidement à mon père d'arrêter mais malheureusement, trop excité, il n'y arrive pas donc pour étouffer mes cris de chats, il a l'idée de poser sa main sur ma bouche mais les coups de bites intenses qu'il continue de me mettre me forcent à miauler et comme je n'ai pas envie d'être surprise, j'essaie de faire mon maximum pour m'arrêter mais je n'arrive pas non plus à me maitriser.

Pendant ce temps-là, dans la cabine d'à côté, j'entends la fille mettre son premier costume et dire à sa mère qu'elle enfile un costume de sorcière avant d'ouvrir le rideau, de le montrer à sa mère et lui demander :
-Comment tu me trouves maman ?
-Ça te va bien ma chérie. Tourne-toi pour que je vois derrière. (Après que la fille s'est retournée) Ça te va bien derrière aussi.
-Merci maman.
-Il te reste quoi à essayer.
-Il me reste encore la sirène et la princesse. Tu veux que j'essaie quoi maintenant ?
-Essaie la sirène puis tu essaieras la princesse.
-D'accord maman, j'y retourne.

-Attends avant que tu changes, est-ce que tu ne voudrais pas essayer un autre costume ?
-Lequel ?
-Celui d'une danseuse orientale. J'en ai trouvé un très beau là-haut.
-D'accord maman, je veux bien l'essayer.
-Tu vas voir, tu vas le trouver très beau. Je vais aller le chercher. Pendant ce temps, mets le costume de la sirène.

J'entends le rideau se fermer et dans ma tête, une petite voix hurle « Non, ça va durer encore plus longtemps » pendant que mon père continue de me baiser en gardant toujours une main sur ma bouche. Je tourne ma tête pour lui faire comprendre que je veux qu'il arrête mais mon avis ne l'intéresse pas. Il continue certes en ayant beaucoup ralenti mais continue toujours et cette nouvelle vitesse me fait toujours crier. Cependant mes gémissements sont moins forts et plus espacés. Je sais que je n'obtiendrais pas mieux de lui.

Dans la cabine d'à côté, la fille se change toujours tandis qu'on entend sa mère descendre de nouveau les escaliers, se présenter devant la cabine de sa fille et lui dire :
-Je suis revenue ma chérie. Tu as fini de te changer ?
-Oui maman, tu veux voir à quoi je ressemble ?
-Oui ma chérie
J'entends le rideau s'ouvrir et la maman dire :
-Qu'est-ce que tu es belle ma chérie. La tenue de sirène te va mieux que la tenue de sorcière.
-Je trouve aussi.
-Dépêche-toi s'il te plaît d'essayer les deux tenues restantes car on doit vite rentrer pour l'anniversaire de papa.
-D'accord maman, je me dépêche

Une fois de plus, j'entends le rideau se fermer et se rouvrir. La fille s'est changée en quatrième vitesse en princesse. Il se ferme de nouveau et s'ouvre de nouveau mais cette fois-ci, elle est en danseuse orientale.
Quand elle ouvre le rideau, la mère dit :

-Qu'est-ce que tu es belle dans ce costume ma chérie.
-Tu trouves maman ?
-Oui, regarde, on voit ton joli ventre. Je suis sûr que ton amoureux va adorer te voir dans cette tenue lors de la fête d'Halloween.
-Je crois que je vais prendre ce costume
-Dépêche-toi de te rhabiller qu'on puisse aller payer et partir.

Une nouvelle fois, le rideau s'ouvre, c'est la dernière fois. La fille est prête à partir avec son costume de danseuse orientale sous le bras. Les entendant s'éloigner, mon père enlève sa main de ma bouche et me pilonne à nouveau. Malheureusement, trop tôt car la fille m'entend miauler et interpelle sa mère :
-Maman, tu as entendu ?
-Non ma chérie, qu'est-ce que tu as entendu ?
-Il y a un chat quelque part.
Mon père ne s'arrêtant pas à temps, je pousse un autre miaulement que la mère entend.
-Tu as raison, moi aussi je l'ai entendu. Il doit être coincé quelque part.

J'entends les pas de la fille se diriger vers notre cabine et en regardant derrière moi, je vois ses chaussures derrière le rideau. Elle se baisse pour voir en dessous. Je vois son visage mais soudain, sa mère l'appelle. Elle se relève et court vers elle. J'ai l'impression qu'elle nous as vu mais aucune allusion est faîte à sa mère sur ce sujet. Je les entends monter les escaliers lorsque mon père retire de nouveau sa main de ma bouche et recommence à accélérer.

La tension cumulée est maintenant lâchée. Mon corps subit les coups donnés. Cela semble durer une éternité et quand il ralentit enfin, nous entendons la vendeuse nous demander si tout va bien. Surpris par sa présence, mon père toujours au plus profond de moi se met à éjaculer tandis qu'au même moment, je pousse un ultime miaulement avant de répondre à la vendeuse que je me rhabille et que j'arrive pour régler mes achats.

Elle me répond alors qu'elle m'attend en caisse avant de s'éloigner et de monter les escaliers. Une fois qu'elle est partie, mon père s'est retiré de moi. J'enlève le cat suit, remet ma tenue avant de sortir de la cabine et rejoins la vendeuse.

Elle m'attendait et avant même que je lui tends mes trois articles, son regard a changé. Elle semble excitée.

 Ses yeux laissent penser qu'elle sait très bien ce qu'on faisait dans la cabine et que si elle l'avait su ce qu'on faisait plus tôt, je pense qu'elle nous aurait rejoint mais dommage pour elle, nous avions fini. Je paye donc mes articles et nous quittons le magasin pour rentrer.

16.

Arrivés à la maison, je vais dans ma chambre pour ranger mes achats avant d'aller dans la cuisine. Sur place, il y a mon père qui réchauffe le dîner et qui a déjà mis la table. Une fois le repas chaud, il nous sert et pendant que nous mangeons me dit :
-Ingrid, est-ce que tu veux encore passer la nuit avec moi ?
-Je veux bien si ça ne te dérange pas.
-Non, ça ne me dérange pas mais à une condition
-Laquelle papa ?
-Je veux que tu mettes ta chaîne de cheville car je trouve que tu es encore plus belle avec.
-D'accord papa, après le repas, je vais la mettre et je te rejoins dans ta chambre.

Dès que nous avons fini de manger, je fais la vaisselle avant de regagner ma chambre pour y mettre le bijou demandé par mon père.

Je me déshabille entièrement afin de mettre une nuisette et ma chaîne de cheville mais après l'avoir mise et réfléchie quelques instants, je décide de ne porter aucuns vêtements car mon père les enlèvera rapidement à peine l'avoir rejoint dans la sienne. Arrivée dans sa chambre, je le vois face à moi. Il a eu la même idée que moi puisque lui aussi est entièrement nu.

Quand il me voit, je sens l'excitation parcourir son corps, ses pupilles se dilatent et sa respiration saccade. En baissant mon regard sur son entre-jambe, je vois son pénis oscillé doucement de haut en bas. Je marche vers lui et arrivé à sa portée, il pose ses mains sur ma taille et m'embrasse langoureusement en introduisant sa langue profondément dans ma bouche. Les caresses de nos deux langues m'excitent et m'affaiblissent. Quoi qu'il en soit, il peut faire ce qu'il veut de moi.

Et c'est encore plus vrai quand cette sensation augmente à mesure que je sens sa queue grossir lentement entre mes jambes jusqu'à la taille maximale atteinte.

Il retire sa langue de ma bouche et par un simple regard me fait comprendre son désir. Sans dire un mot, je m'agenouille.

En me baissant, sa queue caresse mon visage jusqu'à mes lèvres que j'ouvre pour la prendre en bouche. Une fois insérée, je commence à la sucer à un rythme régulier
mais il vient rapidement poser ses mains sur ma tête pour me diriger et quand il le fait, je ferme les yeux et me laisse emporter par ces mouvements de balancier qui me bercent. Je commence doucement à m'endormir quand j'entends sa voix qui m'appelle. Je lève les yeux pour le regarder droit dans les yeux en gardant sa bite dans ma bouche.
-Ingrid ?
Je retire sa bite de ma bouche et lui répond en étant toujours à genoux.
-Oui papa.

-Ce soir, j'ai envie d'essayer quelques choses que tu n'as jamais fait.
-Qu'est-ce que c'est ?
-La sodomie
-C'est quoi ?
-C'est de te baiser en mettant ma queue dans ton cul au lieu de ton vagin
-Est-ce que je vais avoir mal ?
-C'est possible mais ne t'inquiète pas, je vais mettre un préservatif et aussi beaucoup de lubrifiants pour que ça glisse.
-Vas doucement aussi s'il te plait
-Ne t'inquiète pas pour ça. Vas-y, mets-toi en levrette.

Je me lève, me positionne en levrette sur le lit et j'attends sa venue.
Je le vois aller vers sa table de chevet, ouvrir le tiroir et prendre un préservatif à l'intérieur avant de déchirer l'emballage avec ses dents et l'enfiler.

Puis dans le même tiroir juste à côté est posé un tube de lubrifiant qu'il prend également.

Il vient se positionner derrière moi, l'ouvre, en verse une bonne quantité sur mon anus avant de le masser délicatement avec un doigt pour faire pénétrer le produit à l'intérieur avant de remettre le tube dans le tiroir et commencer à enfoncer doucement son sexe dans mon cul. A sa venue, je sens mon sphincter s'écarter et son gland entrer en moi. Je pensais que le plus dur était fait mais non, car après son passage et malgré le lubrifiant, je ressens une vive douleur et demande à mon père d'arrêter immédiatement. Il le fait mais reste en moi avant de me demander si je veux qu'il sorte.

Mais déterminée à découvrir la sodomie, je lui demande de ne plus bouger jusqu'à la douleur s'estompe. Plusieurs minutes plus tard, la douleur est toujours présente. Mon père me propose alors une recette de grand-mère pour faire disparaître la douleur. Je ne crois pas trop à sa solution mais je lui réponds que j'accepte de la tester.

Alors mon père quitte mon corps et la chambre avant de réapparaître un peu plus tard avec un glaçon dans la main. Il se remet sur le lit derrière moi et pose le glaçon sur mon anus. La température glaciale de celui-ci me fait faire un léger sursaut et un cri d'étonnement avant que la douleur se dissipe lentement. Et une fois le glaçon totalement fondu, mon père reprend dans son tiroir le tube de lubrifiant et m'en applique encore une grosse quantité en moi avant de se réintroduire. Cette fois-ci, je sens encore le passage de la frontière du gland mais sans douleur, il continue à avancer et sens mes chairs s'écarter et se frotter à son sexe volumineux jusqu'à qu'il s'arrête net.

En sentant, mon cul écarté d'un bout à l'autre et sa peau contre mes fesses, je comprends que l'intégralité de sa bite est en moi. Puis en douceur, il fait le chemin inverse mais juste avant la sortie de son gland, il rebrousse chemin et repart en avant.

Telle une bielle d'accouplement de locomotive, ce mouvement perpétuel me procure du plaisir et plus il accélère, plus le plaisir se démultiplie mais pour pouvoir encore accélérer davantage, il serre très fortement ma taille.
Cette étreinte animale me comprime, me provoque des difficultés à respirer mais un plaisir inégalé. Les gémissements poussés ont une dizaine de décibels supplémentaires à mes gémissements habituels et ne contrôlant plus mon corps, des propos obscènes sortent de ma bouche, l'excitant encore plus et le poussant à accélérer jusqu'au moment où je sens que c'est trop pour moi. Mon cul se met à me brûler. J'essaie tant bien que mal de l'arrêter mais entre mes gémissements qui l'encourage et mes mots qui disent le contraire, il ne sait plus quoi faire et pousser par son excitation, il lui a fallu du temps pour comprendre ma demande.

Dès qu'il arrête enfin, il se retire de mon cul et une faible fumée blanche sort de celui-ci. Je lui dis que je ne veux pas continuer mais il n'est pas d'accord.

Il dit qu'il n'a pas encore éjaculé et que je dois terminer ce qu'on a commencé. Après plus de quarante minutes de repos, la fumée ainsi que la sensation de brûlure sont parties. Mon père a envie de reprendre. Cette attente a augmenté son excitation. Même s'il s'agit de ma première sodomie, il est hors de question pour mon père d'avoir une quelconque pitié pour mon cul. Je me repositionne donc à quatre pattes inquiète de ce qu'il va m'arriver tandis que mon père voit que son préservatif est rapiécé.

Il décide de le changer avant de se mettre à nouveau derrière moi et sans prévenir, il attrape mes hanches et s'enfonce au plus profond de mon corps. Je pousse un cri de surprise et de douleur, m'attrape par les poignets, tire mes bras en arrière et me défonce. Dans cette position, je ne peux pas m'échapper, je ne peux que subir.

Combien de temps cela va-t-il durer ? Impossible à dire.

La seule chose dont je suis sûre à ce moment-là, c'est que la position est vraiment trop hard pour moi. Je sens sa queue me perforer comme jamais.

A chaque coup, je suis au bord de l'orgasme jusqu'au moment où dans un puissant coup de bite, je l'atteins enfin en même temps que mon père. Nos gémissements coordonnés brise le silence du voisinage et dès qu'il revient, nous nous effondrons sur le lit en restant connectés, tous les deux épuisés par ce coït. Quelques instants plus tard, après avoir repris un peu d'énergie, nous nous levons. Mon père se retire enfin de mon corps. Je me retourne et voit le sexe de mon père qui baigne dans le sperme grâce au préservatif. Il le retire avant de le mettre dans ma bouche. Je le mâchouille afin d'extraire et d'avaler toute la semence présente avant de recracher l'emballage en latex. Soudain, on frappe fortement à la porte. On n'attend personne. Mon père enfile rapidement un peignoir et se dirige vers la porte d'entrée pendant que je reste nue à genoux sur le lit.

Il ouvre la porte et voit avec stupeur qu'il s'agit de la police.

Que se passe-t-il ? demande mon père aux agents présents. Un des agents lui répond qu'ils ont reçu une plainte de la part des voisins qui se plaignent d'entendre des gémissements de plaisir à haut volume. Mon père gêné par la situation s'excuse et dit aux policiers que cela ne se reproduira plus. Les policiers convaincus par la bonne foi de mon père le remercient et prennent congés. Il referme la porte et revient dans la chambre pour m'expliquer que des policiers sont venus car ils ont reçu une plainte des voisins à cause de mes vocalises. D'ailleurs il me dit que je suis plus sonore que ma mère car cela n'est jamais arrivés avec elle.

Il retire son peignoir pour s'allonger nu sur son lit et me blottie contre lui pour passer la nuit.

17.

Au petit matin, je me réveille dans ses bras et en ouvrant les yeux, je vois que les siens sont toujours fermés. Pour le réveiller, je l'embrasse et en sentant mes lèvres contre les siennes, il ouvre les yeux. Je reste contre lui pour profiter de la chaleur de son corps pendant une bonne heure avant que nous prenons la décision de nous lever pour aller prendre notre petit-déjeuner. Une fois terminé, je pars prendre une douche avant de retourner dans ma chambre et patienter jusqu'à l'heure du déjeuner car après celui-ci, mon père et moi allons chercher ma mère à la gare car c'est aujourd'hui qu'elle revient de son week-end entre copines.

A 14 h, il est temps de partir. Mon père et moi montons dans la voiture en direction de la gare. Sur la route, il y a beaucoup d'embouteillages et d'accidents. Peu importe, nous sommes partis largement en avance et après une heure de route, nous arrivons sur place. A l'intérieur, sur un écran d'informations, nous voyons que le train n'arrive que dans une heure suite à un retard dû à un incident technique donc pour éviter de nous ennuyer, nous décidons de faire le tour des boutiques du quartier.

A 16 h, le train de ma mère est annoncé en gare et visible à l'horizon. A son arrivée, les passagers descendent du train et parmi eux, je vois ma mère. Je me précipite vers elle et je saute dans ses bras. Mon père m'emboîte le pas et arrive quelques secondes après moi.

Après les embrassades, mon père prend sa valise. Nous allons tous les trois vers la voiture et nous montons à bord pour partir en direction de chez nous.

Sur le chemin du retour, ma mère nous raconte son séjour et nous demande comment cela s'est passé à la maison ? Je lui ai dit que pendant son absence, j'ai eu mon premier rapport sexuel mais évidemment sans mentionner que le garçon c'est son mari.

Arrivés à la maison, ma mère fatiguée par son long voyage décide d'aller dans sa chambre pour faire une sieste. Tandis que mon père après avoir posé la valise dans l'entrée, décide de regarder la télé pendant que je vais dans ma chambre pour regarder des vidéos sur mon

téléphone. Mais quelques minutes plus tard, je commence à m'ennuyer, je décide d'aller dans le salon pour retrouver mon père et le vois affalé sur le canapé. Je m'assois à côté de lui et lui dit :
-Tu te rappelles papa de ce que tu m'as dit sur maman ?
-Non, qu'est-ce que je t'ai dit sur maman ?
-Tu m'as dit que quand tu regardes la télé, elle se met entre des jambes pour te sucer et c'est exactement ce que j'ai envie de te faire maintenant.
-Mais t'es folle Ingrid, ta mère est revenue de son week-end
-Oui mais elle dort. Elle ne saura pas ce qu'on va faire.
-D'accord ma chérie, mais fait vite.

Mon père enlève ses chaussures, son pantalon et son caleçon avant d'écarter ses jambes. Je me mets à genoux face à lui et attrape son sexe pour le faire bander. Je le masturbe lentement mais très rapidement son sexe durci. Dès qu'il a durci à son paroxysme, j'approche ma bouche de sa queue et commence à la sucer.

Tout en douceur et en prenant mon temps, je l'enfonce lentement dans mon orifice buccal et arrivée au fond, je la retire tout aussi lentement décuplant ainsi son plaisir.

Cependant après un certain temps à ce rythme, il s'impatiente et souhaite éjaculer avant que ma mère se réveille. J'accélère donc le mouvement mais les bruits de succion sont nettement plus bruyants. Craignant que cela va réveiller ma mère, je lui en fais part mais il ignore ma remarque et m'ordonne de continuer sur le même rythme. Je le suce frénétiquement mais soudain, j'entends la voix de ma mère s'adressant à mon père ainsi que le bruit de ses pas se dirigeant dans le salon.

Paniqué, mon père m'ordonne d'arrêter de le sucer, attrape la couverture posée sur le canapé et me couvre intégralement avec celle-ci et lorsque j'entends de nouveau ma mère, elle est juste à côté de lui. Quant à moi sous la couverture, j'ai toujours la bite de mon père dans la

bouche. La peur d'être découverte me provoque des frissons qui me parcourent le corps. Dans ma tête, je me dis « Pourvu qu'elle ne tire pas sur la couverture » et en même temps, j'écoute leur conversation :
-Mon amour.
-Oui ma chérie
-Tu sais ce dont j'ai envie.
-Non dis-moi
-Ca fait plusieurs jours que je n'ai pas baisé et j'ai envie de toi maintenant.

Après avoir prononcé ses mots, elle se dirige vers la cuisine. Mon père après avoir veillé qu'elle ne peut plus me voir, enlève la couverture qui me cache. Je retire sa bite de ma bouche et le regarde dans les yeux quand il me dit :
-Je suis désolé Ingrid mais je dois donner la priorité à ta mère si tu veux qu'elle ne remarque rien.

Puis, sans que j'aie eu le temps de lui répondre, mon père remets son caleçon, se lève et part retrouver ma mère dans la cuisine. Je profite de ce moment, pour monter discrètement et rapidement dans la chambre de mes parents et me cacher sous leur lit. Puis mes parents entrent dans la pièce en se galochant en jetant leur vêtement à travers la pièce et avant même que le dernier vêtement lancé touche le sol, je vois ma mère de dos à genoux entièrement nue faisant face à mon père pour le sucer vigoureusement. Certes, je ne vois pas la fellation mais je vois ses longs cheveux se balancer d'avant en arrière ainsi que les bruits de succion associés.

Et pendant qu'il se fait sucer, mon père dit à ma mère :
-Tu suces trop bien ma chérie, jamais on ne m'a sucé aussi bien.

Et moi, entendant chaque mot qu'il prononce, je ressens à ce moment-là de la jalousie car je pensais que je suçais mieux que ma mère. J'avais d'ailleurs qu'une envie, sortir du dessous du lit et demander à mon père pourquoi elle suce mieux que moi, mais souhaitant plus que tous les écouter s'envoyer en l'air, je décide de rester cachée. C'était une bonne idée de ma part car peu de temps après avoir fait ce compliment à ma mère, elle arrête de le sucer. Au départ, j'ai pensé qu'elle avait compris qu'elle n'était pas seule à le sucer mais pas du tout. Elle se remet debout et lui demande à être prise en levrette.

Mon père lui répond :
-Vas-y mets-toi en position.

Elle saute sur le lit pour se mettre à quatre pattes. Quand elle y atterrit, il se met à grincer et le matelas se déforme réduisant pendant un instant la taille de mon espace. Quant à mon père, il fait le tour du lit et se dirige vers sa table de chevet. Il ouvre le tiroir pour y attraper un objet qu'il manipule avant de laisser tomber quelque chose au sol.

C'est l'emballage ouvert d'un préservatif qu'il vient de mettre. Il monte à son tour sur le lit tandis que son poids cumulés à celui de ma mère déforme davantage le matelas.

Ma mère dit :
-Vas-y entre en moi.

Il s'exécute sans discuter et commence à la baiser. Ses gémissements mêlés aux ressors du lit qui grince procure en moi, un décuplement d'excitation car je n'ai jamais été aussi près de l'action. J'ai d'ailleurs qu'une envie, celle de sortir de ma cachette et partager avec ma mère le plaisir donné par mon père mais si je le fais cela gâchera tout puisqu'elle ne partagera pas tandis que lui fera comme-ci il ne s'est rien passé entre nous pendant ces deux jours. En haut, sûrement poussée par son excitation, ma mère n'est pas avare de cochonneries.
D'où je suis, je peux entendre des mots tels que « Je la sens bien, baise-moi comme une chienne, ça fait du bien… »

Je ne pensais pas qu'elle soit capable de telles grossièretés. Même moi, quand je me lâche en plein coït, je suis incapable de telles paroles.

Et après avoir fait grincé le lit une bonne centaine de fois, ma mère demande à changer de position. Mon père lui demande :

-Quelle position veux-tu ma chérie ?
-Je veux que tu me prennes en missionnaire.

Ma mère change donc de position pour s'allonger sur le dos tandis que mon père vient se placer entre ses jambes écartées, entre en elle et commence les va-et-vient mais elle l'arrête rapidement pour lui dire :
-Attends, je veux que mes pieds soient en l'air.

Pour donner suite à sa demande, il attrape ses jambes et positionne ses pieds sur ses épaules, de chaque côté de sa tête puis reprend ses coups de reins. Le lit grince à nouveau accompagner au même rythme par les gémissements de ma mère. Plongeant son regard dans celui de mon père, elle lui fait comprendre avec ses yeux qu'elle le remercie pour tout le plaisir qu'il lui donne.
Son corps confirme le message, elle commence à mouiller, ses pieds commencent à pointer et sa bouche envoie un message très clair à son partenaire « Je vais jouir » montrant

qu'elle à bientôt atteint l'apogée de ces montagnes russes avant de poursuivre en disant « Vas plus vite, je vais jouir ». Mon père accélère la cadence.
Les grincements du lit deviennent plus fréquents tandis que les gémissements de ma mère sont plus nombreux et plus forts avant d'entendre dans un ultime gémissement des plus puissants l'orgasme annoncé.

Le coït terminé, mon père sort de ma mère avant d'enlever la capote remplie de sperme pour la jeter par terre. Une partie du sperme sort de celle-ci et se répand sur le sol à quelques centimètres de moi.

Ma mère remercie cette fois mon père de vive voix et lui dit :
-Tu sais ce qui me manquait le plus pendant ce week-end entre copines ?
-Non dis-moi
-C'est ta bite.
Si j'avais pu passer mes journées avec mes copines et mes nuits dans ma chambre d'hôtel avec toi pour me prendre, ça aurait été un séjour parfait.

Malheureusement, comme tu n'étais pas là, je me caressais chaque nuit en pensant à ce que tu me ferais dès que je serais rentrée et je peux te dire que c'était mieux que dans mes pensées.
-Ne t'inquiètes pas. A partir de demain, on baisera plusieurs fois par jour si tu le souhaites et dans toutes les pièces de la maison mais là j'ai besoin de dormir.
-Moi aussi j'ai besoin de dormir. Passe une bonne nuit mon amour.
-Toi aussi, ma chérie.
Je les entends se faire un smack et la lumière s'éteint. Je me retrouve piégée et je ne sais plus quoi faire. Dorment-ils ou pas ? Car si je sors de ma cachette et qu'ils me voient, ils sauront que j'étais présente sous le lit. Je décide donc d'attendre de longues minutes, de très longues minutes, de très très longues minutes avant d'essayer de quitter leur chambre pour rejoindre la mienne. Entendant aucun bruit, je me lance. Pas à pas en rampant lentement et silencieusement, j'atteins la porte de leur chambre, et une fois hors de leur champ de vision, je me lève et rejoins mon lit pour y passer la nuit.

18.

Le lendemain matin, après m'être réveillée, je sors de ma chambre pour rejoindre mes parents dans la cuisine comme s'il ne s'était rien passé. Arrivés dans la pièce en question, je dis « Bonjour » à mes parents qui me saluent à leur tour avant que ma mère m'annonce qu'elle a pris un rendez-vous pour moi chez son gynécologue.
Je lui demande :
-Qu'est-ce que c'est un gynécologue ?
-C'est un médecin que toutes les femmes doivent voir régulièrement dès qu'elles ont eu leur premier rapport sexuel afin de voir si elles n'ont aucun problème avec leur vagin.
-C'est obligatoire d'y aller régulièrement.
-Non ce n'est pas obligatoire mais si tu n'y vas pas régulièrement, tu peux avoir des petits problèmes qui peuvent empirer.
-C'est quand le rendez-vous.
-C'est cet après-midi. Ne t'inquiète pas, je vais t'y emmener et même t'accompagner dans la salle de consultation pour ton premier examen.
-Merci maman.

Je me dirige vers le placard pour prendre mon mug avant d'attraper la cafetière et d'y verser du café et deux morceaux de sucres. Je pars m'asseoir dans la salle à manger et sur la table, il y a une baguette, du beurre et un couteau. Je me fais quelques tartines avec beaucoup de beurre avant de les tremper dans mon café et de les manger. Une fois mon petit-déjeuner terminé, je retourne dans la cuisine pour faire la vaisselle et je monte à l'étage pour aller me doucher. Dans la salle de bain, je me déshabille et je rentre dans la baignoire. Je commence à ouvrir le robinet pour régler la température de l'eau et dès qu'elle est à bonne température, je commence à mouiller mes cheveux et mon corps avant de prendre le flacon de shampooing et d'en verser une dose dans ma main pour la mettre dans mes cheveux et frotter. Il coule et j'en ai plein les yeux quand j'ai l'impression que la porte s'entrouvre par intermittence et qu'on m'observe. En regardant le loquet de la porte, j'ai l'impression que j'ai oublié de le fermer mais avec le savon dans les yeux, ce n'est pas facile de le voir

clairement donc je rince mes cheveux et je regarde de nouveau. Le loquet est bien ouvert. Pour le fermer, je m'apprête à sortir de la baignoire mais avant d'avoir eu le temps de faire un pas, la porte s'entrouvre encore et j'aperçois mon père à travers l'ouverture. Voyant que je l'ai vu, il entre dans la salle de bain, ferme la porte derrière lui et m'annonce qu'il a quelque chose à me dire :
-Je t'écoute papa.
-Pendant l'absence de ta mère, on a passé de merveilleux moments ensemble mais je ne veux pas qu'elle sache pour nos rapports sexuels et d'ailleurs, je ne veux pas qu'on recommence.
-Pourquoi tu ne veux pas qu'on recommence ? Tu n'as pas aimé qu'on fasse l'amour ?
-Si Ingrid mais j'aime ta mère et je n'ai pas envie qu'elle me quitte donc il va falloir que tu n'en parles pas à ta mère et que tu trouves un autre homme pour te sauter.
-C'est dégueulasse ce que tu me fais
-Je te comprend ma chérie mais tu sais, ce n'est pas le rôle d'un père de faire découvrir le sexe à sa fille mais on a eu

une attirance l'un pour l'autre et comme ta mère n'était pas là, on a laissé parler nos corps mais maintenant tout doit cesser.
-Et qu'est-ce que doit faire à présent ?
-C'est simple Ingrid, aujourd'hui, tu vas aller à ton rendez-vous chez le gynécologue et à partir de demain, tu vas te chercher un mec pour te faire du bien. Je suis vraiment désolé.

19.

Après avoir terminé sa phrase, il se retourne, quitte la salle de bain et referme la porte derrière lui. Je poursuis ma douche avec un sentiment de colère contre mon père et même si je me sens rejetée et abandonnée, je décide de respecter sa décision donc je n'en parlerais pas à ma mère.

Et après avoir finis ma douche, toujours en colère contre lui, je retourne dans ma chambre pour m'habiller et ne plus le voir de la matinée. J'ouvre mon armoire pour choisir ma tenue et prendre un jean bleu taille haute avec un dos nue assortis, des sous-vêtements ainsi que des ballerines de la même couleur et des bas noirs transparents auto-fixant.

C'est uniquement à l'heure du déjeuner que je sors enfin de ma chambre pour aller dans la salle à manger. La table est déjà mise et la nourriture est posée sur la table. Je m'assois à ma place et donne le change à mon père pour que ma mère ne sache rien. Après le repas, ma mère regarde l'heure et remarque que nous devions être déjà parties pour être à l'heure au rendez-vous. Nous quittons la maison précipitamment pour sauter dans la voiture sans avoir pris la peine de débarrasser nos assiettes et faire la vaisselle. Ma mère démarre en trombe et fait crisser les pneus. Les premiers kilomètres de routes se passent sans encombre mais sur l'autoroute, un flot de voitures, feux stops allumées nous barrent le passage.

Malheureusement, nous sommes dans les embouteillages. Ma mère appelle le médecin pour le prévenir de notre retard mais par chance, il lui annonce que son rendez-vous suivant vient d'être annulé. Il pourra donc nous recevoir en retard. Rassurée, elle décide de mettre un peu de musique et nous voilà toutes les deux parties en lipsync sur nos musiques préférées.

Un moment de complicité mère-fille se crée dans le véhicule jusqu'à notre arrivée au cabinet. Nous descendons de la voiture et nous nous dirigeons vers celui-ci. A

peine entré, le gynécologue nous attendait, à croire qu'il avait aucun rendez-vous avant nous et accueille ma mère avec un grand sourire et en lui faisant la bise. Son comportement me choque mais visiblement pas ma mère. Comprenant que je ne comprenais pas ce qu'il se passe, il m'explique qu'il est depuis plusieurs années le gynécologue de ma mère et qu'entre eux une amitié s'est créée avant de nous inviter à le suivre jusqu'à son bureau. Nous le suivons et à l'intérieur, il ferme la porte derrière moi et m'invite à me déshabiller. J'enlève donc mes ballerines, mon jean et mon tanga avant de m'assoir sur son fauteuil d'auscultation. Voyant que je n'ai pas la bonne position, il sort les étriers, me demande de m'allonger et de poser mes pieds dessus. Je m'exécute et une fois en position, prête à la consultation, il me pose des questions :
-Comment tu t'appelles ?
-Ingrid
-C'est un joli prénom et tu sais ce que tu fais là ?
-Oui ma mère m'a dit que je dois venir vous consulter régulièrement pour

vérifier si je n'ai aucun problème avec mon vagin depuis mon premier rapport sexuel.
-Tu l'as eu quand ton premier rapport sexuel ?
-Le week-end dernier.
-Est-ce que tu as joui ?

Gênée par sa question, je n'ose pas lui répondre et me met à rougir. Pas rassurée, je tiens la main de ma mère assise à côté de moi.

Le médecin se déplace dans toute la pièce pour préparer son matériel qu'il pose sur une petite table mais à chaque fois qu'il doit y poser un objet, il se penche au-dessus de moi et son pantalon frotte mon bras avec une petite différence, son sexe durcit de plus en plus. Je n'en parle pas à ma mère pour ne pas l'inquiéter et le laisse poursuivre ses préparatifs. Une fois les instruments rassemblés, il attrape un tabouret, s'assoit dessus, vient se placer entre mes jambes et me demande de me détendre. Je pose ma tête sur le fauteuil et respire profondément avec la bouche pendant qu'il prend le spéculum et l'enduit de lubrifiant avant de me demander si je suis prête. Je lui dis oui sans savoir ni oser poser la question sur ses intentions.

Il enfonce d'un coup sec le spéculum dans mon vagin. La surprise et le frottement font immédiatement réagir mon corps qui me pousse à gémir et à écraser la main de ma mère. Pour elle, ce gémissement était un gémissement de douleur mais le médecin a compris qu'il s'agit d'un gémissement de plaisir et me regarde bizarrement. Pire encore, il demande à ma mère de sortir et de patienter dans la salle d'attente pendant toute la consultation. Mais ne voulant pas qu'elle parte, je serre sa main très fort sauf qu'elle la retire en me disant que tout va bien se passer et quitte la pièce pour rejoindre la salle d'attente. Le docteur tente de me rassurer également mais son regard dit autre chose. De toute façon, ne sachant pas comment se passe un examen et étant seule avec lui, je n'ai pas d'autre choix que de lui faire confiance.

Il commence l'examen en ouvrant le spéculum au moyen de la molette. Je sens que les parois de ma chatte s'écartent lentement. Dès que l'ouverture maximal est atteinte, il prend un écouvillon, frotte le fond de mon vagin et regarde à l'intérieur avant de tourner la molette dans l'autre sens pour retirer le spéculum de mon sexe qui se ferme complètement. Ensuite, il prend de nouveau le tube de lubrifiant, en verse une petite quantité sur son index de la main droite avant de l'étaler sur celui-ci et de me caresser avec, mes lèvres et mon clito. Ma respiration se saccade, mon corps commence à frissonner de plaisir et mords mes lèvres de désir.

Il me demande :
-Est-ce que ça vous fait mal ?
-Non, ça me fait du bien.
Il enfonce son doigt en moi et le bouge lentement. Je continue à réagir à ses actions mais il arrête rapidement et me dit :
-Je vois que vous ne réagissez pas beaucoup. Si vous me le permettez, je

vais poursuivre l'examen en vous enfonçant un objet plus gros.
-Faîtes ce que vous jugez nécessaire.
Il se lève de son tabouret, se dirige vers un tiroir, l'ouvre et y sors un gode en forme de bite avant de se rasseoir. Il lubrifie l'objet et me l'enfonce. Mais cette fois-ci, en plus de ma respiration saccadée, je commence à pousser des petits gémissements, mes yeux se révulsent par moment et mes pieds appuient sur les étriers mais cela ne lui convient toujours pas, il arrête encore une fois et dit :
-Vous ne réagissez toujours pas assez. Je vais devoir utiliser un autre objet.
Il récupère dans un autre tiroir, l'objet en question et me le montre en disant :
-Je vais utiliser ça.
-Qu'est-ce que c'est ? (En regardant l'objet un brin effrayé)
-C'est un vibromasseur dit-il. Quand je vais l'allumer, il va se mettre à vibrer. Je vais le mettre sur ton clito et tu vas beaucoup plus réagir.
(Craignant d'avoir mal, je me résous à lui faire confiance)
-Allez-y.

Il actionne le vibromasseur et le positionne sur mon clito. La sensation parcourt mon corps en un instant.

Mes mains s'agrippent au fauteuil, mon corps gigote et mes gémissements sortent sans effort.
Le plaisir ressenti plaque ma tête contre le dossier et mes yeux se révulsent. J'essaie de lutter mais plus le temps passe, plus la dépossession me gagne. Dans mes derniers efforts je relève ma tête et tente de parler mais les mots ont du mal à sortir de ma bouche.
-Je veux… Je veux… Je veux… Je veux avoir plus de plaisir.
Je le vois prendre le gode posé sur la table mais ne voulant pas de cela, j'interviens immédiatement.
-Non… Non… Non, j'ai besoin… J'ai besoin… J'ai besoin… J'ai besoin que vous augmentiez la puissance du vibromasseur.
-Vous êtes sûr que vous voulez que je fasse ça.
-Oui… Oui… Oui

Il augmente le vibromasseur à la puissance maximale. Je ressens immédiatement le changement de puissance et je me mets à crier sans retenue. Ma mère assise sur une chaise de l'autre côté de la porte doit tout entendre mais je ne me préoccupe pas d'elle à cet instant mais uniquement de mon plaisir qui semble sans fin.

Le gynécologue tout en continuant à me faire du bien, me regarde avec des yeux remplis d'excitation.
A ce stade, ne sachant toujours pas si un examen gynécologique se passe comme ça mais en rappelant ce que m'a dit mon père, qu'il ne couchera plus avec moi et trouvant le médecin trop beau, je décide de tenter le tout pour le tout et lui dit :
-Baise-moi… Baise-moi… Baise-moi…

Après m'avoir entendu, il enlève le vibromasseur de mon clito. Je ne ressens plus les vibrations mais mes gémissements ne cessent pas immédiatement.
Ils diminuent progressivement et pendant les secondes que cela dure.

Je me demande si je n'ai pas fait une connerie. Heureusement, une fois mes esprits retrouvés et mes gémissements interrompus, je regarde entre mes jambes et je le vois debout en face de moi avec son pantalon baissé, son pénis dressé et équipé d'un préservatif.

Il me demande :
-Est-ce que je peux entrer ?
-Vas-y

Il fait un pas vers moi et commence à rentrer doucement en moi. Sa bite imposante, me déchire de l'intérieur. Pour subir cette entrée, je pousse un gros cri de douleur. Mes mains s'agrippent au fauteuil et mes ongles se plantent dans le cuir.
Quand il touche mon utérus, il s'arrête. Je regarde entre mes jambes et je vois qu'un bout de sa queue n'est pas en moi. Dans ma tête, je me dis que sa queue est vraiment longue. Il la retire de mon corps avant de l'enfoncer à nouveau. Tout en douceur, il commence les va-et-vient.

L'écartement de mon vagin et les frottements que je sens n'ont jamais été aussi intense mais mon corps s'adapte et il accélère. Mes gémissements reviennent et à cet instant, je pense avoir trouvé un mec. Cela me ravie doublement car en plus d'avoir peut-être trouvé l'homme de ma vie, je sens qu'un orgasme est en train d'arriver et ne va pas tarder à me submerger. J'essaie d'y résister mais sans succès car l'orgasme tord mon corps de plaisir en convulsant.

Après mes convulsions, je me relève pour me déshabiller complètement pendant que le docteur abaisse comme un clic-clac, le dossier de son fauteuil d'auscultation pour en faire un lit et me demande de monter dessus pour me mettre à quatre pattes. Je monte sur le fauteuil, me place dans la position demandée et attend son arrivée.

A son tour, il monte sur le fauteuil, approche sa bite de mes fesses et entre dans mon cul.

La pénétration est tellement intense que je m'effondre en position du lapin avant de me redressée, de positionner ses mains sur mes hanches et de commencer à me culbuter. Le plaisir est au rendez-vous mais la cadence de ses coups de reins n'est pas à son goût donc pour être plus rapide, il enlève ses mains de mes hanches et les mets sur mes épaules. Grâce à cet appui, il va deux fois plus vite. Cette intensité me fait perdre la vue et mes gémissements de plaisir semblent être des appels à la mort où je le supplie de m'emmener. Mon corps semble souffrir, mes bras me lâchent à plusieurs reprises. Il me redresse mais je retombe sans cesse alors pour m'empêcher de basculer il change de stratégie. Il décide de me tenir par les cheveux avec sa main gauche tandis que son autre main est toujours sur mon épaule mais dorénavant à cause de l'intensité de ses coups de bites, mes cheveux glissent de sa main m'en arrachant au passage quelques-uns. Il prend donc mes bras tenant mes poignets fermement en m'imposant une position de soumission totale, bénie par les dieux qui rend mon plaisir encore plus intense.

Mes yeux rivés vers le haut, je remercie le ciel à chaque coup de bite, comme-ci c'était mon dernier moment de plaisir avant de mourir mais d'un coup sans que je m'y attends, je me mets à jouir et à convulser.

Mais avant de perdre une nouvelle fois le contrôle de mon corps, j'aperçois le sol et tente de me maîtriser pour ne pas tomber mais sans succès. Heureusement pour moi, mon amant qui tient toujours mes bras, m'empêche de basculer. Puis me réveillant petit à petit, mon cerveau se met à jour en analysant mon environnement et recontextualise mon absence.

Je viens de convulser à cause d'un orgasme intense et je suis toujours chez le gynécologue, plaquée sur son fauteuil d'auscultation avec son sexe en moi.

D'ailleurs, je suis littéralement écrasé, je ne peux pas m'échapper.

Le seul endroit de mon corps où je ressens le moins son poids et plus de plaisir, c'est au niveau de mes fesses car le mouvement continue de ces pénétrations me donne du plaisir que je ne peux qu'exprimer par le son de ma voix. Une nouvelle fois, les mouvements rapides ont raison de moi. La position ainsi que la culbutation ont augmenté mon excitation avant de me donner un nouvel orgasme accompagné de nouvelles convulsions.

Quand je me réveille à nouveau, je me surprends à genoux, nue, sur le sol du cabinet. Comment suis-je arrivée là ? Mystère, mais devant moi, à tout au plus deux ou trois centimètres de mon visage se trouve l'immense pénis de cet homme, avec dessus, sa main, le parcourant frénétiquement dans sa longueur jusqu'à lâcher sans prévenir sur mon visage, une grosse quantité d'un sperme épais blanc et visqueux recouvrant la totalité celui-ci et dont l'excédent coule sur le sol.

N'ayant aucun mouchoir à proximité pour me nettoyer, je racle avec mes doigts toute la semence possible dans le but de la jeter mais curieuse da sa fermeté, je décide de la sentir avant de la mettre dans ma bouche pour la goûter. Sa semence a la texture d'une crème dessert avec un goût délicatement sucré et comme c'est le meilleur sperme que je n'ai jamais goûté, exit les mouchoirs et bienvenue à la crème dessert.

Une fois mon dessert terminé, je me rhabille ainsi que le médecin puis il redresse le dossier, ressort les étriers et que je me repositionne sur le fauteuil, jambes écartées avant qu'il rappelle ma mère comme-ci notre joyeuse partie de jambes en l'air n'avait jamais eu lieu.

20.

Ma mère entre dans la pièce. Le docteur lui explique que l'examen s'est bien passé et qu'il n'y a rien à signaler. Je décide de descendre du siège pour mettre le reste de mes vêtements mais au moment de partir, il me demande mon numéro de téléphone et me communique le sien au cas où j'aurai des questions.

Après avoir échangé nos numéros, ma mère et moi allons jusqu'à la voiture et à l'intérieur, me regarde d'une manière inhabituelle.
-Pourquoi tu me regardes comme ça ? lui demandai-je
-Ton examen s'est bien passé ?
-Oui maman.
-Tu t'es bien régalée ?
-Pourquoi tu me poses cette question ?
-Fait pas l'innocente Ingrid, j'ai bien entendu que tu prenais ton pied derrière la porte du cabinet.
Totalement gênée par cette phrase, je n'ose pas la regarder ni lui adresser la parole pendant tout le trajet puis arrivée à

la maison, je descends de la voiture avant de me précipiter dans ma chambre, fermer la porte et sortir mon téléphone pour appeler ma meilleure amie.
-Allô Ingrid.
-Bonjour Camille, tu es occupée ?
-Non pourquoi ?
-J'ai besoin de te parler mais je ne veux pas te déranger.
-Passe demain à la maison, mon mec doit aller faire quelques courses donc on sera que toutes les deux.
-D'accord, à quelle heure veux-tu que je passe ?
-Viens vers 10h.
-Ok à demain.
-A demain.

Ce n'est qu'au moment du dîner où je sors de ma chambre et me dirige la tête baissée vers la salle à manger. J'avale mon assiette sans parler ni regarder mes parents. Mon père trouvant mon comportement étrange me demande ce qu'il ne va pas mais ne répondant pas à sa sollicitation, il s'adresse à ma mère qui lui répond que c'est une histoire entre elle et moi. Puis après avoir fini de manger, je

retourne dans ma chambre et ferme la porte. Mes parents se dirigent à leur tour dans la leur et ferment eux aussi leur porte mais comme les murs sont fins, allongée sur mon lit, je peux les entendre discuter :
-Ma chérie, est-ce que maintenant, tu peux me dire pourquoi Ingrid avait ce comportement ce soir.
-Tu es sûr de vouloir le savoir ?
-Oui c'est ma fille
-Son rendez-vous chez le gynécologue ne sait pas passer comme il aurait dû.
-C'est-à-dire ?
-Au départ, l'examen s'est passé comme n'importe lequel puis le médecin m'a demandé de sortir et d'attendre dans la salle d'attente mais quelques minutes plus tard, j'ai entendu notre fille gémir.
-Mais tu es sûre que c'était bien elle.
-Oui, au début, j'avais un doute donc je me suis approché de la porte d'où j'entendais les gémissements, j'y ai collé mon oreille et c'était bien la porte du cabinet donc je me suis assise sur le siège juste à côté pour les écouter.
-Et alors, que s'est-il passé ?

-Le docteur a retiré le spéculum qui lui avait mis puis il a commencé à lui faire du bien avec ses doigts, puis avec un gode mais c'est au moment où il a utilisé un vibromasseur, qu'elle a commencé à gémir fort et c'était encore plus intense quand elle lui a demandé d'augmenter la puissance du vibro.
-Attends, tu es sûre que c'est elle qui a demandé ça ou c'est le gynécologue qui lui a proposé ?
-Non, c'est elle. Elle lui disait qu'elle en avait besoin et quand les vibrations se sont intensifiées, elle s'est mise à crier sans pouvoir se contrôler.
-C'est vraiment une salope notre fille.
-Pire que ça, c'est une chienne.
-Pourquoi tu dis ça ?
-Elle a demandé au docteur de la baiser.
-Il l'a fait ou pas ?
-Oui, j'entendais la chair claquée et ses gémissements hystériques de femme en chaleur. D'ailleurs, la curiosité était trop fort que j'ai poussé la porte et à travers l'entrebâillement, je les ai regardé.
-Combien de temps ?

-Pendant toute la durée du coït. En plus, elle n'était pas avare de compliments sur son plaisir et a enchainé les orgasmes.
-C'est pour ça qu'elle a ce comportement ?
-Oui en partie car dès que nous sommes retournées dans la voiture, je lui ai demandé si elle s'était régalée car je l'avais entendu jouir mais je ne lui ai pas dit que je l'ai vu prendre son pied.

Morte de honte d'avoir entendu ça, je me cache sous ma couverture dans l'espoir de disparaître mais malheureusement pour moi, je n'arrive pas à mourir, seulement à m'endormir.

21.

Le lendemain matin, je commence un peu à accepter les déclarations que j'ai entendu de la part de ma mère hier soir et je me dis que je dois accepter ma manière d'être, car après tout, si j'aime la bite, je dois l'assumer. Partant chez ma meilleure amie avec cet état d'esprit, j'arrive chez elle dans le but de lui raconter les derniers évènements de ma vie. Je sonne et après quelques secondes d'attente, elle ouvre la porte, elle me fait la bise pour m'accueillir, la referme et me conduit dans son salon où nous nous asseyons sur le canapé. Cela fait longtemps qu'on ne sait pas vues. A l'époque, elle vivait ici avec ses parents et aujourd'hui, c'est toujours le cas mais depuis sa majorité, ils partent régulièrement en voyage pendant un ou deux mois, plusieurs fois par an, la laissant vivre seule ici avec son petit ami.

Au départ, c'est elle qui commence à me raconter les changements dans sa vie. Elle me parle des voyages de ses parents à travers le monde et de ce qu'ils ont vécus. Elle me raconte qu'ils ont été sur tous les

continents et me montre des photos des endroits qu'ils ont visités.
Espagne, Japon, Danemark, Etats-Unis, Chili, Ethiopie, Australie… Ce ne sont là qu'une infime partie des pays où ils sont allés. A part ça, elle a toujours le même copain et vivent ensemble dans cet appartement lorsque ses parents sont absents. Ils sont toujours amoureux comme au premier jour et leur bonheur s'exprime vraiment à travers leurs ébats qu'ils ont dans chaque pièce.

Puis, c'est moi qui lui parle des évènements qui me sont arrivés. De mes rendez-vous médicaux pour ma transformation, de la séance shopping avec ma mère, de son week-end avec ses copines ainsi de mes différents rapports sexuels avec mon père pendant son absence mais aussi de ma partie de jambes en l'air avec mon gynécologue.

Lorsque je lui raconte ces deux derniers évènements, je remarque que le comportement de Camille change. Elle me fixe du regard, mordille ses lèvres et en regardant le bas de son corps, je

constate qu'elle serre ses jambes, les frottent entre elles avant de les écarter légèrement et me laissent entrevoir une marque d'humidité sur sa culotte. Je commence à lui en parler mais elle m'interrompt immédiatement en posant son index sur mes lèvres et me dit :
-Ingrid, est-ce que tu te souviens de notre dernière soirée pyjama ?
-Oui
-Donc tu dois te souvenir qu'au petit matin pour te réveiller, je t'appelais mais comme tu ne le répondais pas, j'ai osé faire quelque chose ce jour-là.
-Qu'est-ce que tu as fait ?
-Je t'ai embrassé pendant que tu te réveillais. Je sais que je n'aurai pas dû faire ça mais tu m'as toujours plu, je ne voulais pas rater l'opportunité de goûter à tes lèvres et maintenant je veux terminer ce que j'ai commencé.

Et au moment où je m'apprête à lui répondre, elle pose encore ses lèvres sur les miennes. Surprise, je m'apprête à la repousser mais elle profite de l'interstice entre mes lèvres pour introduire sa langue dans ma bouche. Ce contact me rend toute chose et me laissant porter par l'instant, elle en profite pour se lever, se déshabiller et se rassoit avant d'attraper ma tête pour la rapprocher de son sexe.

Impressionnée par la vision d'un vagin aussi près de mon visage, je suis paralysée. Voyant cela, elle attrape ma tête pour la coller à son entrejambe.
L'odeur de sa cyprine m'excite et sans m'en rendre compte, je lèche son clitoris. Satisfaite de la situation, elle me dit en poussant des petits gémissements :
-Continue Ingrid, ça me fait du bien.

Pour donner entière satisfaction, je m'applique à lui donner davantage de plaisir et seulement quelques minutes plus tard, je constate que mes efforts payent car les gémissements qu'elle pousse sont plus forts.

Elle veut à son tour me faire du bien. Pour y arriver, elle repousse ma tête, me déshabille et me demande de m'asseoir avant de plonger à son tour, sa tête entre mes jambes. Contrairement à moi, l'assurance est là. Elle faufile sa langue dans les plis de mon vagin afin d'y atteindre mon clitoris pour le lécher. L'effet est immédiat. Tête qui bascule en arrière, respiration accélérée et gémissements intensifiés. L'expérience est là et grâce à ça, elle n'a aucun mal à me faire crier et à faire rouler mes yeux.

Soumise à sa langue et au plaisir qui m'envahit, je colle sa tête contre ma fente et oublie mon environnement pour m'abandonner totalement.
Mon plaisir monte tellement fort que mon corps transpire. L'arrêt du cunni de Camille devient inimaginable à mes yeux pourtant l'évanouissement me guette. Je perds régulièrement la vue et en même temps, je suis au bord de l'orgasme. Quand soudain, Camille s'arrête. Je me redresse lui demander pourquoi elle arrête mais avant que j'ai le temps de prononcer un mot, elle me dit :
-Mets-toi en ciseau.
-Qu'est-ce que ça veut dire ? Tu veux une paire de ciseaux ?
-Non c'est une position sexuelle. Regarde, tu vas écarter tes jambes et te rapprocher de moi.

- (Après avoir écarté mes jambes) Comme ça.
-Pas exactement. Il faut qu'on puisse se rapprocher et que ma chatte colle la tienne. Ne bouge pas et laisse-moi faire.

Elle positionne une de ses jambes au-dessus de la mienne et l'autre en dessous. Grâce à ça, elle se rapproche de moi en glissant jusqu'à que son vagin soit collé au mien puis elle commence à remuer ses hanches et me dit :
-Fais pareil.

Je la regarde hagard en train de frotter son sexe au mien, remuer ses hanches et pousser des cris en me demandant « Qu'est-ce qui lui fait du bien ? » car de mon côté, je ne ressens rien.
Pourtant, elle s'agite de plus en plus et gémit de plus en plus fort. C'est uniquement après deux ou trois minutes sans sensation, je commence à ressentir un peu de plaisir, pas suffisamment pour ma tête mais visiblement assez pour mon corps puisque mes hanches remuent et ma fente s'humidifie.

Ça y est, le plaisir a atteint mon cerveau. Ma respiration s'accélère et mes premiers cris sortent doucement. Face à moi, Camille n'est pas loin de l'orgasme et comme un chevalier au galop fonçant sur un objectif, elle accélère encore et l'augmentation du rythme des frottements entre nos vagins lèvent en moi toutes les sécurités et emporter par son élan, mon plaisir augmente rapidement au point que les décibels de nos voix et la synchronisation de nos cris soit parfaitement en accord. Soudain, la porte d'entrée s'ouvre. Il s'agit de Jimmy, le petit-ami de ma meilleure amie qui rentre à l'improviste. Entré dans le salon, il nous surprend en ciseaux et attirer par la situation, commence à se masturber mais ni moi, ni Camille ne remarquons son arrivée donc hystériquement, nous continuons à céder à nos pulsions et Camille commence à me parler. « Pourquoi fait-elle ça ? me demandai-je dans ma tête mais je lui réponds machinalement.
-Je vais bientôt jouir Ingrid, et toi ?
-Moi aussi, je sens que ça vient. Oh putain ! Ça vient ! Ça vient !

- Ah ! Ah ! Ah ! Moi aussi, je vais jouir.

Et en se regardant dans les yeux sans parler mais en poussant des gémissements, nous essayons de synchronisés nos orgasmes jusqu'au moment de jouir où nos têtes basculent en arrières et nous crions simultanément « Je jooouuuuuiiiiiiiiiissss » pendant qu'un jayser de cyprine sortent de nos vagins et arrose le corps de l'autre avant de tomber à la renverse, groggy.

Nous nous remettons lentement de nos émotions lorsque nous voyons Jimmy, debout, près de nous, en train de se masturber mais comme sa bite est déjà grosse et dure, il nous regarde sûrement déjà depuis un bon bout de temps. Quand je prends conscience de sa présence, je me précipite derrière le fauteuil le plus proche pour me cacher.
Camille voyant ça, viens me chercher dans ma cachette, me prends par la main pour me rapprocher de Jimmy en me disant : « N'aie pas peur. » Je lui fais confiance et me retrouve à genoux, à quelques millimètres de la bite de son

petit-ami, la fixant, et louchant dessus avec envie. Camille le voit et me dit « Vas-y ». Ne comprenant pas ce qu'elle veut dire, je tourne ma tête vers elle mais à cause du mouvement, la bite de son petit-ami se frotte à mon visage avant qu'elle me demande de me pousser. Je me décale pour lui laisser de la place face à son mec afin qu'elle ouvre la bouche pour y insérer sa queue et commencer à le sucer. Elle le fait avec délectation tout en le regardant dans les yeux. En levant ma tête, je vois qu'il apprécie grandement ce qu'elle lui fait, il pousse des râles de plaisir en lui faisant des compliments sur sa manière de sucer. Quant à moi, juste à côté d'eux, je ne sais pas quoi faire, dois-je les laisser ? Ou les regarder ? Mes sentiments sont partagés entre la gêne et l'excitation mais heureusement, ce moment gênant s'arrête rapidement même si ce n'est pas pour la raison que je crois. C'est pour que je le suce à mon tour. Surprise par la demande de Camille, je pense avoir mal entendu mais elle me redit « Suce-le ». Voyant mon hésitation à cause de cet ordre surprenant, Jimmy surenréchit en me disant « Suce-moi ».

Soumise à leurs envies, je ferme les yeux, ouvre ma bouche et laisse Jimmy s'y introduire. Quand, je sens sa queue sur ma langue, je resserre mes lèvres pour entourer sa bite et commencer à le sucer. Ma fellation est dans un premier temps hésitante mais mon excitation augmentant, mon assurance revient et comme ma copine, je le suce en le fixant du regard. Camille, à genoux, juste à côté de moi et me voyant me délecter de la queue de son petit ami depuis plusieurs minutes me dit :
-Maintenant que tu es chaude, nous allons passer aux choses sérieuses.

Elle me prend par la main et m'entraîne dans la chambre suivi par son chéri, qui une fois entré dans la pièce se déshabille entièrement.
-Que dois-je faire ? demandai-je à Camille
-Allonge-toi sur le dos et laisse-moi faire le reste.

Après m'être allongée, Camille attrape mes jambes, les écarte et les maintient en

l'air avant de se mettre à genoux au-dessus de mon visage. A cause de sa position, je ne vois plus rien à part un gros plan de sa fente.
Que va-t-il se passer ? me demandai-je dans ma tête.
La réponse arrive très vite car quelqu'un essaie de forcer la porte de mon vagin et puisque nous sommes que trois dans l'appartement, le propriétaire de la clé est vite trouvé. D'ailleurs, sans que je le veuille, ma serrure cède rapidement. Le passe du gardien est tellement dure que le passage est difficile. Il force l'entrée et le frottement me fait crier :
-Mon dieu ! Oh putain mon dieu !
Cela me fait tellement de bien que mes orteils pointent vers le ciel, mes mamelons durcissent et mes yeux roulent.

Arrivé au fond, il me donne des coups de bites. A chacun d'entre eux, je sens mon utérus se faire boxer et mes fesses se lever. Au même moment, ma meilleure amie, toujours au-dessus de moi commence à mouiller. Des gouttes de cyprine sortent de sa chatte pour atterrir dans ma bouche ouverte. Ma position ne me permettant pas de recracher, je n'ai d'autre choix que d'avaler. Le goût salé me fait penser à de l'eau de mer mais étant obligée d'avaler une grande quantité, je finis par y apprécier le goût.

Mais quelques minutes plus tard, Camille jalouse de mon plaisir, réclame son dû. Jimmy se retire donc de mon corps et se place derrière sa chérie après qu'elle s'est mise en levrette sur le lit. Avant de la pénétrer, il me demande d'en faire autant et me retrouve en face d'elle à environ un mètre de son visage.

Je vois à travers son regard qu'elle a hâte qu'il la fourre mais dès qu'elle commence à sentir son sexe entré en elle, elle l'arrête et lui dit :
-Prends-moi le cul.
-Tu plaisantes ?
-Non pourquoi tu penses ça ? J'aimerai trop l'avoir dans le cul et tu vas voir comment je vais apprécier.

Obéissant, son chéri s'introduit en elle par cet orifice et elle réagit en poussant un premier gémissement suivi par plusieurs

autres rythmés par les coups de bite de Jimmy. Toujours face à elle, je ne sais quoi faire. Je décide donc de lui prendre les mains comme-ci je l'encourageais à être forte pour passer ce mauvais moment pendant qu'elle prend son pied devant moi en criant :
 -Oh putain c'est bon. Oh Mon dieu, je vais jouir ! Continue, je vais jouir.
Puis elle se met à jouir en broyant mes mains avant de s'effondrer sur le lit. Puis après avoir repris ses esprits, elle demande à son petit-ami de me faire la même chose. Il se retire donc de Camille et fais le tour du lit pour se positionner juste derrière moi et demande à sa copine :
-Qu'est-ce que je lui fais ?
-Sodomise-la

Je la regarde avec un air effrayé en lui disant :
-Pitié, pas ça.
-Si, ne t'inquiètes pas. Ça va bien se passer.
Elle pensait que j'avais peur de la sodomie mais en réalité, je ne voulais pas qu'elle voit à quel point, j'adore ça.

D'ailleurs, quand son copain commence à fourrer mon cul, j'essaie dans un premier temps, d'être la plus impassible possible mais comme la sensation est tellement agréable, je fais mon possible pour éviter de gémir en mordant mes lèvres tout en voyant dans les yeux frustrés de ma meilleure amie qu'elle espère que je cède au plaisir. Malheureusement pour moi ou heureusement pour elle, ce ne fut le cas pas bien longtemps puisque dès qu'il touche le fond de mon cul, un gémissement m'échappe. Camille me regarde alors avec un sourire narquois et me dit :
-Ca y est, tu as cédé au plaisir.

En me disant cela, Camille ne se doute absolument pas qu'elle est encore loin de la vérité car c'est seulement ma première réponse au plaisir ressenti et quand les choses sérieuses commencent, le plaisir est tellement intense que je me comporte véritablement comme une salope car en plus de mes gémissements bruyants, des mots obscènes sortent de ma bouche, oubliant totalement sa présence en face de moi. Jimmy surprit et excité par mon comportement l'oublie aussi et me pilonne comme s'il baisait pour la dernière fois avant la fin du monde.

D'ailleurs, les coups sont devenus tellement violents que j'essaie d'y échapper mais ma position ainsi que la présence de ma meilleure amie en face de moi m'empêche de trouver une échappatoire et me soumets à un orgasme bestial avec une nouvelle fois des convulsions et un évanouissement.

TAC... TAC... TAC... TAC... Ces bruits me réveillent, j'ouvre doucement les yeux et ce que je vois me surprend car je pensais voir ma copine en train de baiser près de moi mais non, je me vois allongée sur le dos, tête sur l'oreiller avec mes pieds posés sur les épaules de Jimmy en train de faire l'amour et il a d'ailleurs commencé à me prendre pendant que j'étais encore inanimée.

De plus, n'entendant plus et ne voyant plus Camille, je la cherche du regard et constate qu'elle est assise, dos à nous, sur un coin du lit, nue et en boule car elle est délaissée. Je demande à Jimmy d'aller la niquer mais il ne me répond pas. La seule réponse auquel j'ai droit est une accélération de sa part qui me fait crier, rendant Camille encore plus jalouse.

Puis après de longues minutes de culbute, il s'arrête enfin, sort de mon corps, descend mes pieds de ses épaules et me mets à genoux devant lui avant de se masturber énergiquement et de pousser des râles de plaisir jusqu'au moment où un jet puissant sort de sa bite et arrose mon visage de sperme.

Voyant ça, Camille toujours jalouse d'avoir été mise de côté par son chéri décide de s'approcher de moi, lèche tout le sperme sur mon visage puis m'attrape par le bras avant de me jeter nue en dehors de son appartement et de fermer la porte.

Désemparée, je ne sais pas quoi faire. Comment vais-je faire pour rentrer chez moi ? me demandai-je.
Heureusement, après quelques secondes dans le froid, la porte de l'appartement de Camille s'ouvre à nouveau. Je pensais que c'était pour me faire rentrer chez elle

mais non, elle balance mes vêtements dans le couloir et claque la porte. Soulagée d'avoir mes vêtements mais peur qu'un voisin ouvre la porte, je les ramasse et me précipite derrière la porte des escaliers pour me rhabiller avant de rentrer chez moi.

22.

Quelques semaines plus tard, je me sens vraiment mal. Au début, je pensais que c'était à cause ce qu'il s'était passé chez Camille mais on s'est réconcilié donc le problème semble ne pas venir de là. Je suis allée voir un médecin qui m'a fait passer une batterie d'examen mais n'a rien trouvé pourtant mon corps est affaibli et des tremblements apparaissent. Je réfléchis à la question et au vu des évènements de ces dernières semaines, une réponse me paraît évidente, je suis en manque de sexe. Comprenant cela, je décide de réagir en me caressant plusieurs fois par jour mais malgré les orgasmes obtenus à chaque fois, je suis toujours en manque. J'ai besoin d'une bite mais où vais-je pouvoir trouver ça ? Mon père ne veut plus me baiser mais après réflexion, j'ai peut-être la solution, car en y repensant, il y a quelques temps, après avoir fait du shopping avec ma mère, il y a un garçon du nom de Gaspard qui m'avait abordé pendant que je buvais mon verre en terrasse. Seul lui peut me soulager mais oubliant totalement où j'ai mis son numéro, je me mets à fouiller ma chambre. Tous les recoins y passent, même les plus improbables. J'ouvre mes armoires et mes tiroirs pour balancer tout ce qui s'y trouve. Mes vêtements, mes chaussures et mes sous-vêtements volent à travers la pièce et ce n'est qu'après une heure de recherche en jetant par terre, tout ce qu'il y a sur mon bureau que je retrouve soulagée, au fond d'un pot à crayon, le numéro de Gaspard.

J'ai tout de suite envie de l'appeler, j'attrape donc mon téléphone mais avant de composer son numéro, des doutes me traversent l'esprit. Se souvient-il de moi ? Que dois-je lui dire pour qu'on se voit ? Et que dois-je lui dire pour qu'il me baise ? Car si je l'appelle et je lui parle directement de ma nymphomanie, il va raccrocher. Je décide alors de prendre quelques minutes pour définir ma stratégie mais à cause de mon état de manque. Ma réflexion est en panne. Les seules pensées auquel j'ai droit sont des images de sa queue dans ma bouche et dans mon corps.

Je l'appelle… J'entends la tonalité et je croise les doigts pour qu'il décroche.
-Allô Gaspard
-Allô, qui est-ce ?
-C'est Ingrid, tu te souviens de moi ? Je suis la fille rousse que tu as rencontré à la terrasse d'un bar, il y a quelques semaines.
-Oui Ingrid. Je me souviens de toi. D'ailleurs, j'espère tous les jours que tu m'appelles. Comment vas-tu ?
 -Bien et toi ?
-Je vais bien depuis que j'entends ta voix. Qu'est-ce que je peux faire pour toi ?
-J'ai réfléchi et je me suis dit si tu es d'accord qu'on pourrait se rencontrer.
-Ça tombe bien, avec mon frère, on va à une soirée ce soir. Tu veux te joindre à nous ?
-Oui, je veux bien mais comment on se rejoint ?
-Donne-moi ton adresse et on viendra te chercher chez toi à 23h.
-D'accord, j'habite au 14 rue des roches à Ouistreham
-Je serai chez toi à 23h. A tout à l'heure.
-A tout à l'heure.

Je raccroche et je pousse un ouf de soulagement. Tout s'est mieux passé que je n'aurai pu le penser. Je vais à une soirée ce soir avec Gaspard. Ça sera le lieu idéal pour me rapprocher de lui, même si c'est dommage que son frère soit là mais dans le pire des cas, je peux tenter d'avoir sa bite ou celle d'un autre invité de la soirée.

Le soir venu, après avoir pris ma douche, je me retrouve devant mon armoire à choisir mes vêtements. Que vais-je mettre ?
La réponse est compliquée car je ne connais pas les goûts de Gaspard avant de voir une magnifique robe noire dans mon armoire et en me disant c'est simple, ça devrait lui plaire mais je me ravise car elle risque d'être longue à enlever. Je continue donc à fouiller pour me rabattre sur un crop-top, une mini-jupe en cuir et des sandales à talons noires.

DING DONG. Il est 23h, la sonnerie de la porte retentit. Je l'ouvre et je vois double. Deux garçons se tiennent devant moi et ils sont absolument identiques. Même taille, même coupe, même visage et même tenue. Un des deux s'approchent de moi pour me saluer et me faire la bise. Je comprends qu'il s'agit de Gaspard quand il me présente son frère jumeau Gaston. Je lui fais également la bise mais je suis troublée car je n'arrive pas à les différencier. Tant pis me dis-je, après tout ils sont tous les deux mignons. La bite de l'un ou celle de l'autre tant que j'en ai une, c'est tout ce qui importe.

Avant de partir, je fais un tour sur moi-même pour leur montrer ma tenue. Ils ont tous les deux l'air conquit. Je ferme la porte et leurs demandent :
-Où vas-t-on ?
-Fais-nous confiance. On t'emmène prendre le bus pour aller en soirée.

Accompagnée de mes deux cavaliers, nous marchons dans la nuit en direction de l'arrêt de bus le plus proche. En chemin, je remarque qu'à plusieurs reprises, chacun leur tour regardent mes fesses. Cela m'excite et me donne encore plus envie de me donner à Gaspard.

Arrivés à l'arrêt du bus, nous avons de la chance car le bus est déjà là. Nous montons tous les trois à bord et allons-nous asseoir tout au fond du véhicule côte à côte. Je m'assois au milieu tandis que les garçons s'assoient de part et d'autre de moi. Le bus démarre et ne sachant pas où nous descendons, je fais une confiance aveugle à Gaspard. Petit bémol, lequel est Gaspard ? Le garçon assis à ma gauche ou celui assis à ma droite. De peur de passer pour une cruche et de tout gâcher, je n'ose pas poser la question.

Pendant le trajet, un des garçons commencent à être entreprenant en me caressant la cuisse. Je me tourne vers lui en lui souriant.
L'autre répond à son frère en me caressant l'autre cuisse. Je le regarde dans les yeux et lui souris aussi. En continuant de me regarder, il approche lentement sa tête de moi jusqu'à que ses lèvres touchent les miennes et à ce moment-là, dirigés par notre excitation, nous nous embrassons torridement. Nos langues qui s'entremêlent et nos bruits de bouches me

fait fondre. Mais après de longues secondes d'un baiser intense, il retire sa langue de ma bouche et me laisse dans un état second où j'essaie de me remettre de mes émotions sans compter sur l'autre garçon qui ayant vu toute la scène, veut aussi sa part et tourne ma tête vers lui pour m'embrasser à son tour.

Ce deuxième baiser me rend liquide. J'oublie tout ce qui m'entoure et savoure le moment présent mais lorsque notre baiser finit par s'arrêter, il est temps de descendre du bus. Nous faisons quelques pas en direction de la soirée, quant au détour d'une rue, j'arrête de marcher et me positionne dos au mur dans l'espoir d'être embrassée. Presque immédiatement, un des garçons s'approchent de moi et me roule un patin.

Dans l'excitation, ils posent ses mains sur mes hanches avant de les descendre pour les passer le long de mes fesses puis de mes cuisses et d'arriver au niveau de mes genoux pour me soulever tout en m'embrassant toujours. Sa langue tournant dans ma bouche agit comme un fouet et me soumets à sa domination. Entourant son corps avec mes bras et mes jambes pour ne pas tomber, nous continuons à marcher dans les rues sombres et désertes de la ville. En chemin, les garçons me passent régulièrement entre eux sur plus d'un kilomètre sans que mes pieds ne touchent le sol et continuer de m'embrasser pour me rendre totalement folle. Au bout du kilomètre, nous nous arrêtons enfin. Pour quelle raison ? Je ne sais pas. Ma soumission est-t-elle, que je n'arrive plus à réfléchir puis nous repartons. L'un m'embrasse toujours à pleine bouche tandis que l'autre marche à côté de nous. En plus, ne sachant toujours pas les reconnaître et ayant changé de bras régulièrement, je suis totalement perdue sur la personne qui m'embrasse mais après tout, peu importe, les deux embrassent divinement bien et ont chacun une langue qui fait monter ma température.

Soudain, il m'arrête de m'embrasser et me pose sur le sol. J'ouvre les yeux et face à moi, je vois les deux garçons en train d'enlever leur tee-shirt. Leurs bras musclés et leur torse doté d'abdominaux sont sérigraphiés de tatouages identiques. Il est donc impossible de les différencier grâce à ça mais un détail frappe mon esprit, ils ont un tatouage différent sur l'épaule droite. Il s'agit tout simplement de leur prénom écrit sur leur corps. Ça y est ! me dis-je, je vais enfin pouvoir distinguer Gaston de Gaspard.

Mais ne sachant toujours pas où je suis, je tourne la tête pour regarder autour de moi. Je vois que je suis dans une pièce plongée dans le noir. Juste derrière moi, se trouve un lit avec une immense baie vitrée sans rideaux. Je comprends alors que c'est une chambre d'hôtel et que la soirée n'était qu'un prétexte pour pouvoir me baiser.

Excitée par l'idée, je m'avance en direction de Gaspard et une fois face à lui, je me mets à genoux, enlève sa ceinture puis le bouton pour baisser son pantalon et son caleçon. Son sexe en érection surgit devant moi. Surprise, je pousse un cri de stupeur avant d'enchaîner avec un cri d'excitation et de le prendre en main.

Après avoir fait quelques va-et-vient, je mets son sexe dans ma bouche pour le sucer lentement et longuement. Gaspard semble apprécié, c'est du moins ce que je vois en le regardant dans les yeux. En tournant mon regard vers ma droite, je vois que Gaston a également sorti son sexe et se masturbe en profitant du spectacle.

Pour ne pas laisser, j'arrête immédiatement de sucer Gaspard et dit à son frère « T'inquiètes pas, je ne t'ai pas oublié » avant d'engloutir sa queue dans ma bouche. Lui aussi semble apprécié les oscillations de ma bouche. Après l'avoir sucé pendant un bon moment, j'enlève mes chaussures et je repasse à Gaspard. Pendant la fellation, il pose sa main derrière ma tête et la pousse pour me faire avaler entièrement sa queue.

Ce fut très difficile pour moi dû au calibre mais après plusieurs tentatives, de nombreux relents et des jets de bave. Elle entre enfin entièrement dans ma bouche sauf qu'au même moment, sans que je m'y attende, Gaspard pousse un nouveau râle de plaisir accompagné d'un jet de sperme qui coule directement dans ma gorge. A la fois surprise et déçue de l'éjaculation rapide de Gaspard, je retire ma bouche de sa queue et constate qu'il ne bande plus.

Ne voulant pas reproduire la même erreur avec Gaston, je me déshabille entièrement, me mets à quatre pattes et l'invite à me baiser. A son tour, il se déshabille entièrement, sors un préservatif de la poche de son pantalon qui mets sur sa bite, se positionne derrière moi, entre dans ma chatte et commence à me culbuter.

Ses coups de reins sont puissants, tellement puissants que je suis projetée en avant et menace de tomber du lit à chaque fois. Pendant ce temps-là, Gaspard, excité par les coups de bite mis par son frère et mes cris, se masturbe en espérant relancer la machine. A mes yeux, c'est peine perdue, je me désintéresse donc de son cas et me concentre sur mon plaisir mais quelques minutes plus tard à gémir comme une chienne, je vois la bite de

Gaspard devant mes yeux. Elle a retrouvé son éclat et me donne à nouveau envie d'elle au point de lécher mes lèvres. Voyant mon envie, Gaspard souhaite répondre à mon désir en la mettant dans ma bouche mais effrayée par l'idée d'avoir deux bites en moi en même temps, je refuse entre deux gémissements.

Gaspard m'explique alors que je suis trop bruyante et qu'on risque de se faire virer de l'hôtel à cause des plaintes des autres clients. Ne voulant pas arrêter de baiser et mise dehors, je mords mes lèvres de toutes mes forces pour me faire taire. C'est un succès, mes gémissements sonores ont totalement disparu et des sons étouffés les remplacent. Seulement, à peine quelques secondes plus tard, je sens que je vais lâcher. Mes lèvres commencent à se desserrer. J'essaie d'y résister mais rien n'y fait. Elles s'ouvrent et mes cordes vocales poussent un gémissement puissant résultant des coups de bites prit sans cris.

En m'exprimant aussi fort, je craignais qu'on m'entende et qu'on vient se plaindre mais lorsque je fus enfin soulagée que personne ne m'a entendu, qu'on frappe à la porte.
Gaspard après avoir soigneusement rangée sa bite dans son pantalon, va ouvrir la porte. C'est le réceptionniste de l'hôtel. Il nous explique qu'il faisait sa ronde de surveillance à notre étage quand il m'a entendu gémir. Il dit à Gaspard qu'il comprend qu'on a des besoins et qu'on les satisfaits dans nos ébats mais également que je suis trop bruyante et qu'il faut trouver une solution pour étouffer mes cris qu'il entend très bien puisque sur le lit, Gaston et moi sommes toujours en plein action.

Après qu'il soit parti, Gaspard ferme la porte avant de revenir sortir sa bite face à moi et me redemande s'il peut la mettre dans ma bouche. Toujours effrayée par l'idée de prendre deux bites en même temps, je songe à refuser une nouvelle fois mais le discours du réceptionniste était très clair, si je n'arrive pas à me taire, on risque de se faire expulser de l'hôtel et cela mettra fin à nos ébats. J'accepte donc à contre-cœur pensant que Gaspard va me prévenir au moment où il compte rentrer dans ma bouche mais ce n'est pas le cas, il profite d'un moment où je m'exprime pleinement du coup de bite donné par son frère pour entrer en moi sans m'avertir. D'ailleurs, sur le coup, j'ai eu l'impression d'étouffer mais lorsqu'il commence à me baiser la bouche, le plaisir est doublé. Chaque coup de queue de Gaston me propulse sur celle de Gaspard jusqu'à qu'un coup de reins synchronisé arrive et là, c'est l'apothéose. Leurs semences sont lâchées et volent à travers mon corps. La quantité lâchée est impressionnante, me remplit mes deux trous et me fait jouir instantanément sauf qu'une fois l'orgasme passé, une question me traverse l'esprit. « Pourquoi le sperme des jumeaux m'a inondé ? » Concernant Gaspard, c'est tout à fait normal, je lui ai fait une fellation nature mais concernant Gaston, il a mis une capote, alors pourquoi mon vagin est plein de sperme ? En retirant sa bite de mon sexe, la réponse m'a sauté aux yeux, la capote a pété. Choquée, je souhaite tout arrêter mais les

jumeaux me demandent de continuer. En colère, je leur dis :
-Je ne veux plus baiser avec vous.
-(Gaspard) Pourquoi ?
-Ton frère a éjaculé dans mon vagin. Il m'a peut-être mise enceinte.
-(Gaston) Ce n'est pas ma faute si le préservatif s'est déchiré.
-Non mais tu aurais dû te retirer avant d'éjaculer.
-(Gaspard) Il ne l'a pas fait exprès et il ne recommencera plus. Allez, on continue.
-Quand j'ai dit non, c'est non. Je ne suis pas une pute qui baise quand on lui demande.
-(Gaspard) Tu n'es peut-être pas une pute mais tu es une chienne donc mets-toi à quatre pattes.
-Jamais de la vie, je ne mettrai à quatre pattes.
-(Gaston) Arrête de faire ta sainte-nitouche car depuis qu'on est venus te chercher, tu nous allume. Même quand tu étais à cette terrasse de café avec ta mère, tu étais en train d'allumer mon frère. En plus, il y a deux minutes, tu appréciais bien ma bite en levrette donc mets-toi en levrette pour mon frère.

-Non

-(Gaspard) On n'arrivera à rien. Attrape-la Gaston, on va se servir nous-mêmes.

Gaston se jette sur moi pour m'immobiliser sur le lit. Je comprends à peine leurs intentions qu'il est déjà sur moi. J'essaie de crier pour alerter quelqu'un mais il met sa main sur ma bouche pour étouffer mes cris. Au même moment, Gaspard se déshabille rapidement avant de me contraindre de m'allonger sur le lit. D'ailleurs, avec sa puissance, il n'a aucun mal à ça.

Allongée sur le ventre, j'ai le pressentiment qu'ils auront aucune pitié pour moi et malheureusement, cela se confirme rapidement car Gaspard enfonce d'un coup son engin dans mon cul. Je gémis de surprise. Il s'allonge sur moi et pose ses mains sur mes bras pour que je ne puisse plus les bouger avant de commencer à me donner des coups de reins.
Son poids m'écrase, il m'étouffe avec ses 120 kg.

Je ne peux absolument plus bouger, j'ai l'impression d'être paralysée. Seule ma bouche que je ne peux pas contrôler, continue à s'exprimer. J'essaie de le supplier d'arrêter mais lorsqu'il entend ma voix, il accélère. Je ne pousse plus que des gémissements. Son frère excité par mes cris lui demande de me mettre à quatre pattes.

Telle une poupée, il me change de position sans que je puisse y résister. Il enlève ses mains de mes bras et étreint ma taille.

Gaston profite de ma nouvelle position pour s'introduire dans ma bouche et m'obliger à le sucer. Chaque coup de bite de Gaspard dans mon cul propulse la bite de son frère au fond de ma gorge, m'empêchant momentanément de respirer et m'emmène au bord de l'évanouissement. Heureusement, ils éjaculent en même temps en moi et malgré la semence qui m'inonde, je suis contente que tout soit fini mais malheureusement, je me trompe car au moment où la queue de Gaston sort de ma bouche. Elle n'a pas dégrossi. J'avale le sperme dans ma bouche et me retourne pour voir celle de Gaspard, qui elle aussi n'a pas dégrossi. Voyant que je regarde son engin, il me dit « Tu crois vraiment qu'on en a fini avec toi. On va passer aux choses sérieuses. ».

Les jumeaux m'attrapent de nouveau pour me forcer à changer encore de position. Cette fois-ci, Gaspard s'allonge sur le lit et Gaston m'oblige à m'empaler sur la queue de son frère tandis que lui pénètre mon cul. Ils me donnent tous les deux des coups de queues tellement violents que mon ventre gonfle à chacun d'entre eux. Ils détruisent mon cul et mon utérus.
Toutefois mes cris sont partagés entre douleur et plaisir, seulement après plusieurs minutes d'une boxe intensive, mon corps indépendamment de ma volonté a choisi son camp, celui du plaisir. Pire encore, il décide d'atteindre l'orgasme et envoie l'ordre à mon cerveau de l'exprimer. J'essaie de toutes mes forces de lutter contre celui-ci mais personne ne peut lutter contre son cerveau.

Donc malgré mes efforts, je sens que mes lèvres commencent à s'ouvrir pour prononcer les trois mots interdits. Pour les empêcher de sortir, je me les mords aussi forts que je peux mais malheureusement sans succès puisque je dis « Je vais jouir ». En entendant ses mots sortirent de ma bouche, les jumeaux comprennent que j'apprécie mon viol. Ils redoublent alors d'efforts pour me provoquer un orgasme que j'espère arriver à cacher, mais seulement une poignée de secondes plus tard sans que mon cerveau comprenne ce qu'il est en train de se passer, que ma bouche s'exprime en disant « Je jouis » et que mon corps reçoit une vague de plaisir que je ne peux contrôler, qui me fait crier et convulser.

A mon réveil, ma position a changé et je constate avec effroi que mon viol n'est pas terminé. J'ai joui mais visiblement ce n'est pas le cas de mes bourreaux qui continuent de me pilonner.
Cette fois-ci, Gaston est allongé sur le lit. Je suis empalée avec sa bite dans mon cul et face à moi se tient Gaspard avec sa bite

dans mon vagin et mes pieds posés sur ses épaules. Etonnement, je ne réagis pas tout de suite mais dès que ma pleine conscience est atteinte, je gémis comme une femme en rut et lorsque que je regarde la pendule accrochée au mur pour comprendre ma durée d'inconscience, je reçois deux grosses éjaculations qui me fourrent en un éclair.

Après avoir tout lâchés, les garçons quittent enfin mon corps et s'allongent sur le lit. Je décide alors de profiter de ce moment pour m'enfuir mais en descendant du lit, je m'effondre car je ne sens plus mes jambes. Un des garçons me ramasse, m'allonge sur le lit et me dit :
-Tu ne sens plus tes jambes, c'est ça ? Ça arrive tout le temps lorsqu'on viol une femme. Si tu te serais laissé baiser comme la chienne que tu es. On aurait été plus doucement et à cette heure-ci, tu pourrais marcher.
-Combien de temps ça va durer ?
-En général, ça dure une semaine et pendant tout ce temps, tu seras notre jouet.

Je n'arrive pas à croire que je vais rester une semaine ici. J'espère que demain, je pourrai appeler mes parents pour qu'ils ne s'inquiètent pas mais en attendant, je vais dormir un peu.

23.

Le lendemain matin, à mon réveil, je suis toujours nue sur le lit mais il n'y a personne dans la chambre. En regardant par terre, je vois que leurs vêtements ont disparu mais les miens sont présents. Je tente de descendre du lit pour m'habiller avant d'aller chercher de l'aide et en posant mes pieds délicatement sur le sol, je prends conscience que je sens de nouveau mes jambes et qu'elles réussissent à me porter. Profitant qu'ils ne sont plus là mais pensant qu'ils vont revenir, je décide de m'habiller rapidement et de fuir cet endroit pour rentrer chez moi.

En chemin, je décide d'appeler mon gynécologue pour prendre un rendez-vous dès que possible. Au téléphone, il m'annonce qu'il peut me recevoir immédiatement, je décide donc de faire un crochet par son cabinet avant de rentrer chez moi en espérant qu'il puisse faire quelque chose pour moi.

Arrivée dans son cabinet, je lui explique que j'ai fait l'amour cette nuit dans un hôtel sans lui préciser que je n'étais pas consentante ni le nombre de protagonistes et lui explique également que l'homme a éjaculé en moi mais
que je ne veux pas être enceinte avant de lui demander s'il a une solution à me proposer. Il réfléchit quelques instants et me dit :
-Tu dois prendre la pilule du lendemain.
-Qu'est-ce que c'est ?
-C'est un comprimé que les femmes prennent après avoir eu des rapports sexuels sans protection pour éviter d'avoir un enfant.
-Comment je peux faire pour l'avoir ?
-Tu vas aller à la pharmacie avec l'ordonnance que je vais te donner mais entre nous Ingrid, tu dois être une sacrée cochonne car tu baises toute la nuit, tu te fais fourrer et tu viens me le raconter en sentant encore le sperme et le sexe. Franchement si tu aimes la bite à ce point-là, j'organise justement un gang-bang dans une semaine et ils nous manquent une fille. Tu peux venir si ça t'intéresse ?
-C'est quoi un gang-bang ?

-C'est une partie de jambes en l'air où il y a une fille pour plusieurs garçons.
-Il y aura combien de garçons ?
-On sera cinq garçons et toi, tu devras tous nous satisfaire.
-Vous satisfaire comment ?
-C'est simple, on te baisera les uns après les autres ou plusieurs en même temps.
-Je suis désolée mais cinq hommes pour moi toute seule c'est trop. Est-ce qu'il est possible de demander à une autre femme de venir ?
-Oui sans problème Ingrid, je vais trouver une autre femme en plus de toi. En attendant, voici ton ordonnance et mon adresse pour le gang-bang.
Je prends les papiers qu'il me tend et remercie le médecin avant de quitter son cabinet pour me rendre immédiatement à la pharmacie pour acheter ma pilule du lendemain. Arrivée chez moi, je prends mon cachet et file sous la douche afin d'enlever cette odeur excitante.

Une semaine plus tard, je me prépare soigneusement pour prendre le bus et aller chez le médecin pour le gang-bang.

Arrivée devant sa maison, je sonne au portail. Il vient m'ouvrir, me conduit à l'intérieur et m'annonce que la seconde fille ne pourra pas venir mais que tous les hommes sont là. Je vais donc devoir tous les satisfaire. Nous montons à l'étage et arrivons sur le lieu des festivités. Sur place se trouve un grand lit au milieu de la pièce et autour de lui, contre le mur, quatre hommes sont présents nus mais avec leur sexe dur entre leurs mains. Tout de suite, le gynéco me demande de choisir le premier homme dont je vais m'occuper. Je les regarde tous un par un très attentivement et là je vois mon père et lui dit :
-Papa, qu'est-ce que tu fais là ?
-Je suis là pour le gang-bang. C'est mon ami, le gynéco qui m'a invité mais j'ignorais que c'est toi qu'on allait baiser.
Le gynéco comprenant que je suis la fille de Charles prend la parole et dit :
-Je suis désolé Charles, j'ignorais que c'était ta fille.
-Tu ne pouvais pas le savoir.
Ignorant leur conversation, je leur coupe la parole et dit :
-Je vais commencer par mon père.

Stupéfiant l'assemblée, le médecin répond :
-Quoi ! Tu es sûre de vouloir faire ça.
-Oui car il y a un point que tu ne sais pas, on a déjà baisé ensemble donc je vais commencer avec lui.

Je m'agenouille devant l'engin dur et tendu de mon père. Je le prends en main pour le branler et me chauffer avant de l'enfoncer délicatement dans ma bouche pour le sucer. Je sais que cette situation est exceptionnelle et qu'elle ne se reproduira plus, je décide donc de profiter de chaque instant en faisant durer le plaisir.

Mais à peine après avoir commencé, les autres protagonistes se rapprochent tous de moi avec leur bite à la main.
Tout en continuant de sucer mon père, j'attrape deux bites à côté de moi pour les astiquer. Je jette un regard furtif à ces deux messieurs qui semblent apprécier mes compétences mais devant satisfaire tout le monde, je retire ma bouche de la queue de mon père pour les sucer chacun leur tour.

Après avoir fait le tour de tous les sexes présents, mon père me relève, me déshabille, me porte sur son épaule et me jette sur le lit. Mon corps y rebondit plusieurs fois puis j'écarte mes jambes et fais signe à mon père d'entrer en moi. Après avoir mis un préservatif donné par le médecin, il enfonce lentement son engin dans ma fente jusqu'à toucher le fond puis allongé sur mon corps, il me donne ces meilleurs coups de hanches.

Ça fonctionne, je gémis en un rien de temps. Quant aux autres hommes, curieux du plaisir qu'il me donne, décident de se positionner autour du lit pour voir mes réactions faciales mais pour l'un d'entre eux, le plaisir de voir mon père me baiser en missionnaire sur le lit est trop grand puisque malgré tous ses efforts, il n'arrive pas à se retenir et éjacule.
Le sperme sorti tout droit de sa bite semblent voler dans la pièce tel un nuage mais ne pouvant pas flotter éternellement, fini par s'écraser sur mon visage. Mon père ne voyant pas le sperme qui m'a éclaboussé, continue de me baiser tandis

que les gémissements que je suis contrainte de pousser font écarter mes lèvres et tomber le sperme qui s'y trouvent à l'intérieur de ma bouche.

Quelques instants plus tard, mon père au bord de l'éjaculation, arrête de me baiser pour passer le relais. En se relevant, il voit le sperme sur mon visage et dit :
-Heureusement que je me suis arrêté car moi aussi, je veux arroser ton visage.
Il s'éloigne du lit pour laisser sa place à un autre. Je les regarde et essaie de deviner lequel sera le prochain à me baiser. Mon choix se porte sur un homme bedonnant et avec une calvitie qui me dévore du regard mais je me trompe, c'est au tour du médecin de me baiser.

Il s'approche de moi et comme mon père veut me baiser en missionnaire. Il prend sa bite dans sa main qu'il tend en direction de mon vagin avant de forcer l'ouverture d'un coup.
Surprise, je me mets à gémir et à agripper instinctivement les draps puis une fois entièrement en moi, il s'allonge sur mon corps, m'écrasant de tout son poids et

m'assaillit de coups de bite.
Ils sont tellement violents que je ne peux pas les supporter sans me tenir quelques part.
Dans un premier temps, je m'agrippe aux draps mais m'échappant régulièrement des mains, je décide de m'agripper à son dos mais cela se passe mal lorsque mon corps et notamment mes doigts se mettent à se crisper, plantant mes ongles dans la chair du large dos du gynéco. Hurlant de douleur, il s'arrête, se retire de mon sexe trempé et sans avoir eu le temps de m'excuser, quitte la pièce pour aller se soigner.

C'est au tour de l'homme bedonnant, il s'approche de moi d'un pas décidé et voyant son gros ventre de plus en plus près, je crains pour ma vie. « Va-t-il m'étouffer en s'allongeant sur moi ? » me demandai-je dans ma tête mais heureusement pour moi, la position dans laquelle il veut me baiser est la levrette.

Soulagée, je me mets à quatre pattes, il monte sur le lit pour se mettre à genoux derrière moi et sans me demander l'autorisation entre dans mon cul. Je lève les yeux pour regarder mon père et d'un simple regard sans avoir besoin de dire un mot et sans voir où il m'est introduit, comprend que je vais avoir droit à mon péché mignon. L'homme derrière moi pose ses mains sur mes hanches puis commence à me culbuter. Dès les premiers instants, je trouve que la sodomie est anormale. Je réfléchis donc à celles faites par mon père et trouve la différence. Mon père me sodomisait en se servant uniquement de sa bite alors que celui-ci, se sert de tout son poids et cela fait une énorme différence car avec lui, j'ai l'impression qu'un boulet de démolition me frappe les fesses à chaque coup de reins. Aimant le sexe hard, cette nouvelle façon de me baiser me ravit mais mon corps tremble à chaque assaut, craignant qu'il cède. Et ce fût le cas dans un énième coup de bite car mes bras me lâchent. Je m'effondre sur le lit et me retrouve allongée sur le ventre. Il en profite alors pour me soumettre totalement en s'allongeant en partie sur moi et en posant ses mains sur mes bras. Je ne peux plus bouger. Ses kilos sont en train de m'étouffer. Autour de moi, toute le monde regarde sans réagir.

Mon visage devient rouge quand le médecin revient, me voit dans cet état et intime l'homme de se lever. Il le fait et s'excuse de nombreuses fois. Le médecin quant à lui, profite de la situation et me dit :
-Vas-y suce-moi. Ça va te redonner des forces.

Etant passée à deux doigts de la mort, mon cerveau plus irrigué ne me permet plus de réfléchir. J'obéis à la seule voix que j'entends et me remets à quatre pattes pour sucer comme si j'étais un bébé avec un biberon dans la bouche. Pendant ce temps, un autre homme profitant de ma déconnexion passagère se glisse derrière moi pour me pénétrer et malgré mes réactions étouffées, personne ne voit qu'un petit homme chauve me baise jusqu'au moment où je retrouve toutes mes capacités cognitives, lâche le pénis du docteur et met à gémir.

Evidemment mes cris suscitent l'étonnement dans la pièce mais le coupable est vite trouvé et inspirent les autres hommes qui ont l'idée de me prendre à trois. Problème : Impossible pour moi de tenir.

Ils ont essayé plusieurs combinaisons en changeant de trous et de personnes mais à chaque fois, le même résultat est là, l'orgasme est immédiat. Ils discutent donc entre eux et après quelques minutes de consultation, ils me demandent de me mettre en levrette. Je m'exécute sans connaître leurs intentions avant de m'annoncer qu'ils vont me sodomiser à la chaîne mais ne connaissant pas le principe, je leur demande de me l'expliquer. Mon père prend la parole et me dit :

-Ma chérie, on va te sodomiser chacun notre tour et dès qu'on voudra éjaculer, on lâchera tout notre sperme dans ta bouche et tu devras l'avaler.

-Si je n'aime pas le goût papa, je fais quoi ?

-Tu avales car on ne te demande pas d'aimer mais d'avaler.

Il demande à l'assemblée « Qui veut commencer ? »

Un petit homme chauve s'approche. Son regard est froncé et sa bite tendue. Quand je la vois, je pense qu'on commence doucement car sur les cinq hommes, c'est lui qui a le plus petit calibre mais quand il commence à me baiser, je me rends compte que je me trompe car il est très nerveux et me fait gémir plus que je ne l'aurais cru.

Les autres hommes se positionne derrière lui et attendent leur tour mais malgré sa petite taille, il n'éjacule pas rapidement. Lassés d'attendre mais excités par mes gémissements en continu, ils se dispersent dans la pièce jusqu'au moment où le petit monsieur pousse ses premiers râles de plaisir. En les entendant, les autres comprennent qu'il est sur le point d'éjaculer et ils ont eu du nez car peu de temps après, il se retire enfin de mon corps, se place devant mon visage, m'ordonne d'ouvrir ma bouche, se masturbe jusqu'à que plusieurs jets de sperme entrent dans ma bouche et s'écrase sur ma langue. Mais c'est uniquement lorsque je ferme ma bouche que je comprends qu'elle est remplie d'un sperme épais qu'il sera difficile d'avaler. Malheureusement pour moi, ma pensée est fondée, l'ingurgitation est difficile et je dois m'y prendre en plusieurs fois pour y arriver mais ça y est ! Tout le sperme est avalé. Le deuxième homme s'approche alors de mes fesses et y entre d'un coup sec et contrairement au premier qui me tenait les hanches pour me donner du plaisir. Lui préfère tenir mes épaules. Dans un premier temps, je ne trouve pas cela excitant mais après seulement quelques va-et-vient, je me rends compte que sa technique est terriblement efficace car il a besoin de peu d'effort pour la mettre profond et me faire gémir très fort. Ce rodéo sauvage et intense dure cinq minutes pendant lesquelles, j'enchaîne quatre orgasmes tellement intenses qu'à chaque fois, je me sens partir en pensant ne jamais revenir mais dès que le dernier se termine, il se retire, fais le tour de mon corps et enfonce sa queue dans ma bouche jusqu'à que son sperme éclate à l'intérieur de celle-ci. Je l'avale quand un éclair me traverse le corps, le plaque sur le lit et me fais convulser. Un nouvel orgasme est en train de m'achever.

Lorsque qu'il a fini, je me remets en levrette pour accueillir le troisième homme. Il est monté comme un étalon avec des lunettes et des longs cheveux bruns. En s'approchant de moi, il me dit :
-Tu suces vraiment trop bien.

Mais je ne me souviens pas l'avoir sucé. Me dit-il ça car je l'ai fait ou parce qu'il veut me faire croire que c'est arrivé ? Quoi qu'il en soit, quand je suis arrivée dans ce lieu, j'ai été très rapidement entourée de bites que j'ai toutes sucées sans me préoccuper de la tête du propriétaire. Dans ma tête, je me refais alors le fil des évènements en vitesse et au moment où le souvenir me revient, il me pénètre le cul et commence à me sodomiser ardemment faisant éteindre mon cerveau, fermer mes yeux et laissant uniquement ma bouche s'exprimer.
Mon père et le docteur, étant les deux derniers à ne pas être encore passer par derrière. Je sens qu'ils s'impatientent et se mettent devant mon visage pour me

regarder avec appétit. Gênée, je ferme les yeux pour les oublier et l'obstruction de mes yeux me permet aussi de mieux profiter de l'instant.

Lorsque l'orgasme vient, mon étalon met sa main sur ma bouche pour étouffer mes cris. Prenant ça comme un acte de kidnapping, j'ouvre mes yeux et essaie de demander de l'aide en criant sans que personne ne réagisse mais après quelques secondes, d'une belle agonie où mon corps s'est raidi, il se redétend. L'homme aux cheveux longs en profite pour me contourner et me faire une éjaculation faciale sans essuyer son sperme qui restera sur ma figure pour la prochaine sodomie. Mais qui vas-me la faire ? Mon médecin ou mon père ? Je les vois se consulter, discuter et chuchoter entre eux sans comprendre ce qu'ils se disent. Personnellement, je n'ai aucune préférence. Malgré le plaisir que je prends, j'ai hâte que ça se termine car mon cul n'a jamais subi autant de frottements et commence à me brûler.

Heureusement, les deux derniers n'ont pas les bites les plus grosses mais quand j'entends leur choix, je me dis dans ma tête « Non pas ça ! » En effet, comme ils n'arrivent pas à se décider entre eux, ils décident de me faire une double pénétration anale. J'ai peur car je crains d'avoir mal et que mon cul se déchire mais souhaitant également que ça se termine au plus vite, je n'ose pas leur dire. Soudain, on me pénètre. Les pénis me remplissent l'anus mais je suis soulagée car je ne sens aucune douleur. Attendant, les premiers va-et-vient. Quelle fut ma surprise quand je sens une deuxième pénétration.

C'est la deuxième bite qui force l'entrée. Quand elle s'insère, elle me déchire avec l'aide de sa complice. J'hurle de douleur. Elle est tellement intense que mes bras me lâchent et ma tête s'écrase sur le matelas. Un des hommes voyant ça, s'approche de moi, me relève et tient mes bras pour empêcher une nouvelle chute. Les deux autres enfoncent, de nouveau, ensemble, leurs bites en moi et j'hurle encore en m'agrippant de toutes mes forces à l'homme qui me tient.

Je dis à mon père :
-Pitié papa. Arrête ! J'ai trop mal. (Ils se retirent)
-Non chérie, tu dois apprendre à subir ça. (Ils entrent à nouveau)
J'hurle une nouvelle fois puis sans prononcer un mot, ils continuent les va-et-vient sans discontinuer mais malgré mes hurlements à chaque pénétration, je sens progressivement que la douleur diminue et le plaisir monte jusqu'à que le second éclipse totalement le premier. A ce moment-là, les gémissements remplacent les hurlements et les coups de bites sont beaucoup plus fluides car ils glissent tous seuls. Je sens la jouissance montée en moi. S'ils ne s'arrêtent pas, je sens que mes orgasmes seront éternels. Je les préviens mais ils ne m'écoutent pas ou plutôt si, ils m'écoutent mais ils s'en foutent.
Le médecin me répond avec mépris :
-Ça n'existe pas les orgasmes éternels.

Je n'ai pas le temps de répliquer que l'orgasme sort accompagné de deux jets de spermes simultanés qui remplissent entièrement mon cul. Mon corps se crispe et mes doigts s'enfoncent involontairement dans la chair de mon pilier. Et après avoir fini d'éjaculer, mon père et son ami, se retirent de mon corps, le sperme se met à sortir de mon cul en faisant des petites bulles quand soudain, un autre gémissement me paralyse de plaisir.

Le médecin surpit, me demande :
-Qu'est-ce qu'il vient de se passer ?
-Je viens d'avoir un orgasme.
-Ce n'est pas possible. Ton père et moi sommes sortis de ton corps et personne ne te fait du bien.
-Je sais mais je jooooouuuuiiiiiiissssss
-Que se passe-t-il ? demande mon père.
-Apparemment, elle ne peut plus s'arrêter de jouir répond le médecin.
-Ce n'est pas possible.
Mon père se positionne devant mon visage et me dit :
-Essaie de te concentrer Ingrid. Tu vas réussir à ne plus jouir.
-J'essaie de faire ce que je peux mais je n'y arrive paaaaaaaaaaaass.

Mon père s'inquiète pour moi et demande à son ami s'il peut faire quelque chose et il lui répond :
-Sors toutes les personnes qui sont chez moi. Je vais m'habiller en vitesse et m'emmener ta fille à l'hôpital.

24.

Après s'être habillé, il attrape une serviette pour essuyer le sperme qui se trouve toujours sur mon visage, prend une couverture pour me couvrir et m'emmène à sa voiture. Sur le chemin, j'ai dû mal à marcher et à descendre les escaliers. Les orgasmes qui sortent involontairement font vaciller mes jambes et risquent à plusieurs reprises de me faire tomber dans les escaliers. Devant la voiture, toujours nue et enveloppée dans la couverture, il m'ouvre la porte et je m'assois sur la banquette arrière avant qu'il ne démarre en trombe. Sur la route, plusieurs orgasmes incontrôlables se manifestent et telle une femme enceinte sentant sa dernière heure arrivée, je le supplie de faire quelque chose mais malheureusement pour moi, la seule réponse que j'obtiens de sa part c'est « Je ne sais pas quoi faire ». Je sens dans sa voix qu'il est complètement paniqué et qu'il ne peut pas m'aider. Je prie donc entre deux agonies pour qu'on arrive au plus vite. Deux minutes plus tard, les urgences sont en vues. Ils s'arrêtent

devant l'entrée, saute hors de sa voiture pour attraper un fauteuil roulant laissé sans surveillance et m'assoit dessus. On se précipite à l'accueil des urgences où il explique mon cas à l'infirmière d'accueil quand je vois que la salle d'attente est bondée et que je me dis dans ma tête :
-Seigneur, faîtes que je n'ai pas d'orgasmes devant ces gens.
Mais à peine ma doléance terminée, qu'un nouvel orgasme intervient. Et en ouvrant les yeux, tout le monde me regarde. Pire encore, deux enfants apparemment âgés de 4 et 5 ans se dirigent vers moi par curiosité et le plus grand commence à converser avec moi :
-Comment tu t'appelles ?
Pensant que cela va faire disparaître mon problème, je discute avec lui.
-Moi c'est Ingrid et toi ?
-Je m'appelle Ahmed et mon petit frère s'appelle Yanis
-Vous êtes tous seuls ?
-Oui, papa et maman sont partis voir le docteur et on les attend ici. Qu'est-ce que tu fais là toi ?
-J'ai un problème de santé.
-Quoi comme problème ?

-Je ne peux pas te le dire, c'est un problème d'adulte
-Peut-être que mon papa a aussi un problème d'adulte parce que ma maman n'a pas voulu me dire ce qu'il a.
-Je ne pense pas qu'il a la même chose que moi car j'ai un problème que les hommes ne peuvent pas avoir.

(A ce moment, je sens un nouvel orgasme involontaire arrivé) -Pitié pas maintenant. Voyant les deux enfants me fixer du regard, j'essaie de toutes mes forces de me retenir mais la pression est trop forte. Je commence alors à pousser des petits gémissements que j'étouffe tant bien que mal en mordant mes lèvres mais la vague arrive, me submerge sans que je puisse me contrôler et donc les enfants sont malheureusement témoins d'un orgasme que je viens d'avoir devant eux.
Au même moment, un médecin présent à l'accueil pour appeler son prochain patient voit ma détresse et décide de me conduire en urgence dans un box pour me soigner. Dans la salle, à l'abri des regards, il enlève ma couverture, me demande de

m'étendre sur la table d'auscultation et de poser mes pieds sur les étriers.
Je me mets rapidement en position dans l'espoir que mon calvaire s'arrête enfin. Il attrape un spéculum et me l'enfonce dans mon vagin sans aucune cérémonie. Malheureusement, il a eu une très mauvaise idée puisqu'un nouvel orgasme m'envahit et me fais perdre le contrôle de mon corps.

Pendant celui-ci, mon pied que je ne contrôle plus, le gifle violemment et fait tomber ses lunettes par terre. Enervé, il retire le spéculum, ramasse ses lunettes et sort du box. Quelques secondes plus tard, il revient accompagné de quatre infirmiers, deux hommes et deux femmes qui me tiennent les bras et les jambes.

Le médecin enfonce de nouveau violemment le spéculum en moi. J'ai juste le temps de dire « Je vais jouir » et de sentir les personnes m'entourant serrées mes bras et mes jambes, que des spasmes incontrôlables possèdent mon corps, basculent ma tête en arrière et révulsent mes yeux me rendant aveugle l'espace d'un instant mais dès que ma vue revient, je vois le médecin toujours entre mes jambes, prendre un écouvillon, l'enfoncer en moi avant de le ressortir quasi-immédiatement et de me dire « c'est terminé » comme s'il avait simplement éteint un interrupteur allumé.

Je ne le crois pas. Comment est-ce si simple alors que j'ai souffert pendant autant de temps ? Pourtant les infirmiers présents me lâchent et partent à leurs occupations tandis que le médecin m'enlève le spéculum sans réaction physique de ma part.
Il sort à son tour du box me laisse toujours allongée dans la pièce pour revenir quelques minutes plus tard avec mon accompagnant qui vient me voir et me trouve épuisée avec les jambes écartées.
Il me dit :
-C'est fini Ingrid. Je vais appeler ton père, il va ramener tes vêtements et venir te chercher pour que tu rentres chez toi.
Il l'appelle devant moi pour lui annoncer la bonne nouvelle tandis qu'il rentre dans mon box une heure plus tard avec mes vêtements. Soulagé de me voir en bonne

santé, il se précipite vers moi et me roule un patin sans penser une seule seconde que je suis sa fille. Quand il arrête, je vois son ami terriblement gêné qui lui dit :
-Charles, je sais que tu es très heureux de retrouver ta fille en bonne santé mais la galocher c'est trop. Tu devrais plutôt lui demander de te sucer.
-Tu as raison. Viens me sucer Ingrid.
Après avoir enlevée mes pieds des étriers et être descendue de la table d'auscultation, je m'agenouille devant mon père, dégrafe son pantalon et plonge la main dans son caleçon pour sortir sa queue dure et tendue.

Je commence à le masturber tandis que son ami voulant sa part du gâteau vient se positionner en face de mon père et sort également sa queue à côté de mon visage. Excitée par ces bites en gros plans et l'agitation du personnel de l'hôpital qui passe devant la porte fermée de mon box, je les branle énergiquement tous les deux en même temps avant de les sucer en alternance dans le but de les faire cracher rapidement. Heureusement, c'est ce qu'il arrive, les deux lâchent leurs spermes

dans ma bouche en à peine cinq minutes et rangent aussitôt leurs matériels. Je me relève avant d'avaler le sperme et me rhabiller mais à peine debout, la porte du box s'ouvre, une infirmière entre dans la pièce et dit :
-Pouvez-vous attendre Ingrid dans la salle d'attente s'il vous plait ? Elle vous rejoindra dès qu'elle se sera habillée.
Les deux hommes sortent de la pièce sans se poser de question et se dirigent vers la salle d'attente. L'infirmière quant à elle, ferme la porte derrière eux. Je trouve son regard et son comportement très inquiétant mais ayant encore du sperme dans ma bouche, je n'ose pas l'ouvrir pour lui demander ce qu'elle a.

Pas à pas, elle s'approche de moi sans dire un mot jusqu'à entrer dans ma bulle. Je recule alors jusqu'à atteindre le mur du fond de mon box, mais elle, toujours collée à moi me demande d'ouvrir ma bouche. Seule et désemparée, je n'ai pas d'autre choix que de lui obéir. J'ouvre donc ma bouche lui dévoilant le sperme fraîchement éjaculé et elle me dit « J'en étais sûre » avant d'entrer sa langue dans ma bouche et la brasser pour en faire passer un maximum dans la sienne puis avaler. Choquée par cette agression, je reste collée au mur pendant de nombreux instants tandis que l'infirmière quitte la pièce sans dire un mot mais après avoir enfin reprit mes esprits, je me rhabille et rejoins mon père dans la salle d'attente pour qu'il me ramène à la maison sans lui parler de mon agression.

Quelques jours plus tard, mon téléphone sonne. Je décroche. Au bout du fil, c'est le gynécologue qui m'appelle pour prendre de mes nouvelles. Je le rassure mais je profite de son appel pour lui faire part de mon mal-être car depuis la dernière fois, je me retrouve encore en manque de sexe et lui demande s'il a une solution pour me soulager. Il m'explique alors qu'il organise une partouze très prochainement et que je peux y participer si je le désire. J'accepte immédiatement et lui demande :
-Quand est-ce qu'elle a lieu ?
-La partouze a lieu dans deux jours, elle n'aura pas lieu chez moi mais dans un club que j'ai privatisé. Si tu veux, je peux

venir te chercher chez toi pour t'y emmener.
-Je veux bien si ça ne te dérange pas.
-Non ne t'inquiètes pas. Sois prête à 13h30 pour que tu puisses enchaîner les orgasmes toute l'après-midi.
-Pas de souci, à mardi.

25.

Le jour J, prête depuis midi, j'attends avec impatience, la venue du docteur espérant qu'il sonne rapidement mais c'est malheureusement à l'heure prévue que la sonnerie retentit. J'ouvre la porte, c'est bien lui. Il me fait la bise et m'invite à monter dans sa belle décapotable gris foncé.

Après trente minutes de route, nous arrivons enfin devant le club, nous entrons et après avoir passé un rideau, je remarque que le club est vide. Personne à l'horizon ni de musique, seuls quelques spots éclairent la pièce. Je lui dis :
-Mais il n'y a personne ici.
-Si, la partouze a lieu au sous-sol et il y a déjà quelques participants qui sont là. Les autres ne devraient pas tarder à arriver.

Je descends les marches qui mènent au sous-sol et une fois en bas, je me dirige au bout du couloir et passe un épais rideau rouge. De l'autre côté, se trouve une grande pièce bordée d'un immense canapé. Soudain, j'entends un gémissement sur ma gauche. En tournant ma tête, je vois un homme noir, de dos et de chaque côté de sa taille, les jambes d'une femme qui se fait culbuter. Je ne vois pas l'expression de son visage mais je constate qu'elle n'est pas avare en vocalise et en expression cochonne car elle s'exprime en balançant des phrases telles que « Baise-moi comme une chienne », « Fais-moi jouir comme la chienne que je suis » ou encore « Fourre-moi avec ton foutre ». Choquée et excitée par ses propos et ses gémissements, je ne peux m'empêcher de penser que cette femme est une assoiffée de la bite.

En continuant à balayer mon regard dans la pièce, je vois à l'extrême droite de celle-ci, une fille à quatre pattes sur le canapé en train de sucer une bite déjà bien dure. Elle effectue sa tâche avec passion sans se préoccuper de ce qui l'entoure. Je la fixe quelques instants et plus le temps passe, plus j'ai l'impression de reconnaître Camille. Je décide de l'appeler et après avoir prononcé son prénom, elle s'arrête de sucer et me regarde.

Là, c'est le choc car je me rends compte qu'il s'agit bel et bien de ma meilleure amie. Pire encore, je vois que l'homme qu'elle était en train de sucer est mon père et en entendant ma voix, la femme assoiffée de sexe prononce mon nom. Je regarde dans sa direction et voit avec stupeur qu'il s'agit de ma mère et qu'elle baise avec un de mes violeurs.

Pendant ce temps-là, derrière moi, le gynéco me déshabille lentement. Excitée par sa présence, je vois dans son regard que c'est réciproque et qu'il a qu'une envie, c'est de me baiser alors quand il m'ordonne de me mettre à quatre pattes, je m'exécute en espérant avec impatience qu'il me pénètre quand soudain, je sens sa queue dure comme de la pierre entrer en moi et parcourir lentement l'étroitesse de mon vagin jusqu'à cogner mon utérus. Puis s'active pour me faire gémir sauf que quelques instants plus tard alors que je suis toujours en pleine action, je vois le gynéco passer devant moi. Surprise, je regarde alors derrière moi pour savoir qui me défonce depuis tout à l'heure et je constate qu'il s'agit de l'autre violeur. Je tente entre deux gémissements de prévenir mes parents que je ne veux pas qu'il me baise car il m'a violé mais son

frère comprenant mes intentions arrête immédiatement de baiser ma mère, se retire d'elle et se précipite vers moi pour planter sa bite trempée dans ma bouche pour me faire taire.
Voyant ça, ma mère se caresse et me dit :
-Ma chérie, tu es vraiment une salope. Tu avais déjà un mec qui te faisait crier mais tu me piques le mien.
Entendant ça, Jimmy entre dans la pièce en étant déjà nu, se met face à ma mère et lui dit :
-Je me charge de vous faire crier.
Excitée par ce qu'il vient de dire, elle arrête de se caresser et lui dit :
-Vas-y, mon corps t'appartient.

Jimmy préférant la sodomie, entre violemment dans son cul et la fait gémir une première fois de surprise puis plusieurs fois sans discontinuer. Au début léger, le volume des gémissements augmente au nombre de coups de bites reçues jusqu'à atteindre un niveau sonore gênant donc dans le but d'éviter un malaise vis-à-vis des employés du club, le docteur plonge sa bite dans la bouche de Caroline afin qu'elle la suce comme une

tétine. Mais à cause de cela, un silence pesant règne dans la salle car nous avons toutes la bouche occupée. Pour le briser, Camille décide d'arrêter de sucer mon père pour le chevaucher. Elle se positionne à califourchon sur lui avant de s'empaler en douceur. L'introduction de sa bite en elle, lui provoque un râle de plaisir, jusqu'à que celle-ci arrive au plus profond de ses entrailles. Une fois au fond, craignant un déchirement de sa muqueuse vaginale, elle n'ose plus bouger. Mon père attendant avec impatience d'être chevaucher, l'encourage à s'agiter mais rien n'y fait, elle refuse de bouger alors pour l'y obliger, il lui tient fermement les hanches et l'agite de haut en bas comme un shakeur. Sa vitesse d'exécution est tellement rapide que ma meilleure amie perd totalement conscience de ce qui l'entoure, la seule chose qui l'importe est d'hurler et de dire :
-Oh merci mon Dieu !... Que c'est bon !... Oh putain, c'est bon !
Excités par sa ferveur, les garçons décident à leur tour, de retirer leurs bites de nos bouches et en une fraction de

seconde, ma mère et moi accompagnent Camille avec nos cris. La pièce jadis calme, s'est transformée en un capharnaüm de gémissements de femmes nymphomanes et pour nous faire crier davantage, les deux hommes sans occupations décident de s'occuper de nos orifices disponibles.

Gaspard sort alors sa grosse bite noire de ma bouche pour l'habiller d'un préservatif devant mes yeux et me l'enfoncer dans le cul tandis que pour ma mère, le gynéco n'a pas pris de gants car à peine a-t-il sorti sa bite de sa bouche pour pénétrer son vagin à sec et lui provoquer dès les premiers instants un gigantesque orgasme.

Puis nos partenaires changent :

Mon père qui s'occupait de Camille a arrêté pour laisser Gaspard la prendre en levrette tandis que sous l'impulsion des autres garçons, ma mère me rejoint par terre, au milieu de la pièce pour qu'on se mette en ciseaux lorsque les garçons qui nous entourent, bite à la main, nous encouragent à nous faire du bien.

Gênée par leurs yeux qui me regardent, je n'ose pas bouger. Ma mère voyant ça me dit :
-Ingrid, tu aimes le sexe comme moi alors pensent uniquement à te faire du bien en te servant de mon corps et ne pense pas à eux.
-Mais c'est difficile maman, ils nous regardent et leurs queues pointent vers nous.
-Je sais mais c'est normal car ils sont excités. Donnons leurs le spectacle qu'ils demandent. Ferme les yeux et pense qu'à moi.

Sur les conseils de ma mère, je ferme mes yeux et fais le vide dans ma tête pour oublier ce qui m'entourent. Puis un instant plus tard, me frottant à la chatte de ma mère, je commence à respirer fort grâce au plaisir ressenti. Elle, souhaitant gémir et me faire gémir, s'agite également. De plus, le plaisir montant me provoque involontairement un premier gémissement qui excite ma mère et qui en sort un à son tour en guise de réponse alors nous communiquons ainsi, en multipliant nos cris.

Nous prenons tellement notre pied que nous nous regardons dans les yeux en montant progressivement vers le septième ciel, mais avant d'y parvenir, un premier homme ne tient pas et se met à éjaculer. Nous voyons son sperme s'écraser entre nous avant que la semence d'un deuxième homme s'écrase sur le visage de ma mère tandis qu'un troisième lâche son sperme sur mon visage.

La vue du sperme sur le visage de l'autre nous excitent encore plus et nous poussent à accélérer nos frottements jusqu'à que nous jouissions simultanément comme des chiennes en chaleurs.

Mais après avoir jouient, nous remarquons que le dernier homme présent n'a pas encore éjaculé alors pour le satisfaire, nous nous sommes mises à genoux pour le sucer ensemble. Le contact conjoint de nos lèvres sur sa bite augmente la pression de celle-ci jusqu'à qu'il ne puisse se retenir d'éjaculer et lâche involontairement son sperme dans

la bouche de ma mère. Jalouse de n'avoir rien reçu et excitée par la quantité de sperme qu'elle a reçu, je me mets sur un coup de tête à lécher la semence présente dans sa bouche mais aussi sur son visage jusqu'à que ma mère me galoche à son tour pour récupérer tout ce que je lui ai pris. Les garçons autour de nous, sont excités de voir le sperme passer de bouche en bouche jusqu'à que Camille nous rejoigne et que nous décidons de lui cracher la totalité du liquide blanc, qu'elle s'empresse d'avaler.
Après la partouze, nous nous rhabillons tous pour rentrer chez nous mais à peine après avoir remis mes vêtements, je sens déjà que je suis en manque de sexe. Gênée de l'annoncer à mes parents à cause des multiples orgasmes obtenus, je préfère annoncer à mes parents que je ne rentre pas avec eux car j'ai autre chose à faire et de commander un taxi.

26.

A l'arrivée du taxi, je monte à bord et demande au chauffeur de me conduire dans la forêt la plus proche. Sur le chemin, je sens que le manque est de plus en plus présent. Pour me soulager, j'enlève discrètement ma culotte avant de commencer à masser délicatement mon clitoris. Au départ très silencieuse, ma respiration commence à saccader et de peur que le conducteur m'entende, je lui demande de mettre de la musique mais poussée par l'absence de silence dans l'habitacle, je commence à me doigter. Ma respiration saccadée laisse place à des gémissements que je ne peux refreiner. Ce n'est pas grave puisqu'il ne se doute de rien jusqu'au moment où un silence inattendu dans la composition symphonique qui baigne l'habitacle de la voiture, laisse entendre au chauffeur un de mes nombreux gémissements. Intrigué par le bruit, il regarde dans son rétro et me voit en train de prendre mon pied. Je croise son regard tout en continuant à me faire du bien et lui dit :

-Je suis désolée, mais je ne peux plus m'arrêter.
-Je comprends mais si vous êtes en manque, c'est une bite qu'il vous faut.
-Je sais mais j'ai trop honte d'en demander une car je sors d'une partouze.
-C'est pour ça que vous sentez le sexe.
-Oui, je n'ai pas pu me doucher sur place et éliminer l'odeur.
-Ecoutée, je vous trouve très belle donc si vous le souhaitez, je peux me servir de ma bite pour vous faire grimper au rideau.
-Oui, merci, ça me ferait du bien.
-Si ça vous convient, je vous emmène en forêt et on baisera sur place.

Arrivés dans la forêt, le chauffeur de taxi se gare dans une clairière avant de me rejoindre sur les sièges arrières en laissant la porte ouverte.

Sans attendre, je me penche entre ses jambes pour déboutonner son pantalon et sortir son engin. Je le masturbe avec ma main mais seulement un petit instant car sentant son sexe durcir entre mes doigts, je décide de le plonger rapidement dans

ma bouche et le sucer goulûment mais comme la fellation ne suffit pas à m'éteindre, je lui demande de me prendre immédiatement et il me répond :
-Je veux bien mais j'ai oublié un détail, je n'ai pas de préservatif sur moi.
-Je m'en fous que tu es ou pas un préservatif, c'est ta bite que je veux et tout de suite.

Pour lui montrer que je ne plaisante pas, j'enlève rapidement mon tanga que je jette par terre et m'assois jambes écartées, prêt à l'accueillir en moi. Il s'approche de moi, resserre mes jambes, les bascule en arrières et entre en moi. Ne voyant plus son pénis, je pousse un cri de surprise à l'insertion et davantage lors du pilonnage. C'est tellement intense que j'ai besoin de me tenir quelque part mais après avoir tentée de m'agripper à plusieurs endroits, c'est au bras de mon amant que se trouve la meilleure prise. Il est tellement déchaîné que ma vision est assombrie. La seule chose que je vois sont mes sandales qui touchent le plafond jusqu'au moment où il décide de me les enlever pour lécher mes pieds. Après plusieurs minutes de

coït, je suis en train de venir. J'essaie de retarder ce moment pour profiter au maximum de l'instant mais malheureusement l'orgasme arrive à grand pas.
Je préviens mon amant que je vais jouir pour le faire ralentir mais lui aussi m'annonce la même chose jusqu'à que quelques secondes plus tard, un orgasme éclate mon esprit comme une bombe qui me détruirait de l'intérieur.

Mes yeux se ferment et mon esprit s'embrume. Ma tête se vide et mon cerveau s'éteint.

J'ai conscience de rien. Seul l'éjaculation de mon amant dans mon vagin me ramène à la réalité. Et après avoir repris conscience à la suite de mon orgasme, le chauffeur de taxi me dit qu'il n'a jamais entendu une femme crier aussi fort. Cependant, ne m'étant pas entendu, je m'inquiète jusqu'à que je constate que mon manque de sexe s'est envolé et pendant que mon amant se rhabille. Je prends mes sandales que je remets à mes pieds avant de prendre mon tanga pour l'enfiler mais impossible de le retrouver, je fouille et refouille toute la partie arrière de la voiture tandis que mon amant s'occupe de l'avant mais au bout de plusieurs minutes de fouille, je remarque des traces de pas semblant venir en direction de la voiture et repartir en direction de la forêt. Choquée, je comprends qu'un individu s'est introduit dans le taxi pendant mes ébats et a volé mon tanga avant de quitter les lieux.

Je reprends la route en direction de chez moi sans tanga et pendant le trajet, je discute avec le chauffeur de taxi qui me dit :
-Vous savez, si vous êtes souvent en manque de sexe, vous pourriez intégrer « Les plaisirs de la vie ».
-Qu'est-ce que c'est ?
-C'est une secte où le sexe est mis en avant et vous pourrez vous faire baiser plusieurs fois par jour.
-Comment puis-je en faire partie ?
-C'est simple, il vous suffit de taper sur Google « Les plaisirs de la vie » et vous trouverez leur site pour vous inscrire et

connaître leur fonctionnement.
-Merci à vous, je vais regarder ça dès que j'arriverai chez moi.

TROISIEME PARTIE :
La secte

27.

Arrivée chez moi, je rejoins directement dans ma chambre pour me connecter à internet et rechercher des informations sur cette secte. Sur leur site, il est écrit que c'est une secte dans le sud de la France ouverte à toutes les femmes sous réserve de réussir un test d'entrée et qu'il est possible d'y emmener trois personnes. Sans hésiter, je réunis mes parents et ma meilleure amie pour leur expliquer que je suis trop souvent en manque de sexe mais que j'ai trouvé une solution pour mettre fin à mes souffrances. C'est d'intégrer une secte dans le sud de la France où je pourrais me faire sauter à volonté mais malheureusement, mon enthousiasme n'est pas partagé. Ils me disent que si je suis en manque, ils vont organiser de nombreuses parties de jambes en l'air mais je leur dis que cela ne suffira pas et qu'ils doivent m'accompagner sinon je serai dans l'obligation de les rayer de ma vie.

Le jour du grand départ, ma famille n'a toujours pas changé d'avis. Pire encore, étant contre ma décision, ils refusent de m'emmener à la gare.
C'est donc chez moi que je leur dis Adieu en retenant mes larmes avant de monter dans le taxi mais sur la route, ma tristesse est si grande que je ne peux me retenir davantage et je me mets à pleurer toutes les larmes de mon corps en pensant à mes parents que je viens de voir pour la dernière fois de ma vie.

Arrivée à la gare, je descends du taxi pour aller prendre mon train. Dès l'entrée de la gare, j'essaie de graver chaque paysage dans ma mémoire avant de monter dans le train.

Arrivée à destination, je prends un taxi pour rejoindre les locaux de la secte. Sur place, je suis accueilli par Geoffrey, un membre de la secte depuis plusieurs années. La première chose qui me frappe chez lui, c'est sa nudité. Il m'explique qu'au sein de la secte, tous les membres doivent vivre nus afin d'être prêt à faire l'amour à tout moment. Les femmes en plus d'être nues doivent être maquillées comme une prostituée afin d'exciter les hommes qu'elles croisent.

De plus, ici elles n'ont aucun droit exceptés le droit de jouir et qu'elles doivent obligatoirement acceptés de baiser avec chaque homme qui le leur demande, quel que soit leur âge mais avant de pouvoir faire partie de la secte, je dois réussir le test d'entrée
qui consiste à baiser avec le patriarche qui a 90 ans.

Geoffrey me conduit jusqu'à sa chambre pour ce fameux test fait par toutes les femmes qui souhaitent faire partie des « Plaisirs de la Vie ». En chemin, je croise Emilie, une femme de 40 ans qui a passé le test la veille et qui m'explique qu'elle a dû sucer le patriarche pendant deux heures afin qu'il bande avant de pouvoir le chevaucher et qu'il éjacule en elle. Malheureusement ses dires ne me rassurent pas et me font me poser plusieurs questions « Vais-je réussir à le faire bander ? » « Vais-je réussir le test d'entrée ? » mais arrivant à sa chambre, l'heure de vérité est arrivée. Avant de rentrer, Geoffrey m'informe simplement que si je ressors nue de la pièce, c'est que le test est réussi et dans ce cas, il me fera visiter les locaux mais si je ressors habillée, c'est que j'aurai échoué et il devra me reconduire à la sortie.

Hésitante, j'entre dans la chambre du patriarche et le cherche du regard. Il est allongé sur son lit. Je m'approche de lui et remarque qu'il s'agit d'un homme qui peut à peine bouger. Je prends donc les choses en main, lui enlève son pantalon et commence à sucer sa bite flétrie. Au bout d'une demi-heure, il ne bande toujours pas. Me disant que je ne peux pas abandonner car sinon ma vie est foutue, j'enchaîne les gorges profondes et après une nouvelle demi-heure d'efforts, il bande enfin.

Je me déshabille entièrement, grimpe sur lui, enfonce sa queue dans ma chatte et commence à le chevaucher. Malgré le plaisir que je lui donne, il reste stoïque

mais ce n'est pas mon cas. Je me mets à gémir et à penser uniquement à mon propre plaisir faisant totalement abstraction de l'homme à qui appartient la bite qui me fait du bien jusqu'à que son sperme sort enfin. Je retire son sexe de mon corps et au moment de ramasser mes vêtements, il me dit :
-Laissez vos vêtements et sortez, vous avez réussi le test.

Soulagée, je sors de la chambre et retrouve Geoffrey de l'autre côté de la porte qui comprend par ma nudité que j'ai réussi le test et qui me propose de faire la visite des locaux.

Lors de celle-ci, il me montre le réfectoire où tout le monde se réunit pour manger mais surtout un immense couloir en escalier immaculé de blanc et doté de nombreuses portes. Il m'explique que derrière chaque porte, il y a un lit et que tous les ébats ont lieu dans ces chambres. En effet, dans ce couloir, on peut entendre de nombreux gémissements provenant de différentes femmes qui se font baisées au moment où j'y suis mais l'acoustique particulières du lieu ne permet pas de connaître les chambres occupées.

De plus, sur les murs à intervalle régulier, sont disposés des distributeurs de préservatifs. Geoffrey m'explique qu'au sein de la secte, il est interdit d'avoir des enfants sans l'accord du patriarche, donc pour éviter d'en avoir, il est obligatoire de récupérer un préservatif dans le couloir avant de rentrer dans une chambre. Puis Geoffrey profite de la visite pour m'emmener à l'autre bout des locaux devant une porte. Intriguée par ce qu'il se cache derrière, je lui pose la question et il me répond qu'il s'agit d'une salle de classe où une éducation basée sur le sexe est inculquée à tous les enfants naissant ici avant de me proposer d'assister quelques minutes aux cours.

Dans la classe, se trouve 12 enfants tous âgés de 6 ans ainsi que leur maîtresse. La maîtresse est nue mais les enfants habillés. Geoffrey m'explique que les enfants sont habitués à voir des adultes nus car ils en voient depuis leur naissance et que la perte des vêtements pour les personnes nées sur place se fait à partir de 7 ans, l'âge de la majorité dans la secte mais aussi que l'éducation de ces enfants vont leurs permettrent de connaître un maximum de choses sur le sexe avant leur 7 ans. A son tour, la maîtresse prend la parole et m'explique qu'aujourd'hui, il s'agit pour les enfants du dernier cours sur la fellation. Pour qu'ils s'exercent, elle invite tous ses élèves à se déshabiller avant d'informer les filles qu'à l'appel de leur prénom, elles doivent venir prendre un préservatif et rejoindre leur partenaire pour se mettre à genoux devant lui. Elle appelle la première fille qui se lève, prend un préservatif et va se mettre à genoux devant un de ses camarades de classe puis une deuxième, une troisième… Une fois que toutes les filles sont en position, la maîtresse leur demande de masturber leurs homologues masculins. A ma grande surprise, toutes les filles s'exécutent sans hésitation et avec passion. Au bout de quelques minutes seulement, tous les garçons ont le sexe tendu. La maîtresse demande alors à ses demoiselles de leur mettre le préservatif et de les sucer. Je remarque tout de suite deux écoles, il y a les filles habiles avec leurs lèvres, qui installent le préservatif avec leur bouche tandis que les autres optent pour la méthode classique mais dès que tous les petits capuchons sont installés, c'est à pleine bouche qu'elles engloutissent toutes le pénis de leur partenaire.

28.

Soudain, une alarme retentit dans la salle de classe. Je crois à un incendie mais Geoffrey me rassure, cette alarme est destinée à prévenir les membres de la secte qu'un procès va avoir lieu et que nous devons y assister. Nous quittons donc la salle de classe pour nous rendre dans la salle du jugement située non loin de là. Dans la salle, un lit est disposé au milieu de la pièce avec une femme dessus. En m'approchant, j'aperçois Emilie attachée sur le lit. Ses poignets ainsi que ses jambes écartées et pliées sont tenus par des cordes qui l'empêchent de s'évader. Ne comprenant pas ce qu'elle fait là, je lui pose la question mais elle me répond qu'elle aussi ne sait pas, elle a été attrapée et attachée ici à son insu. D'ailleurs dans la pièce, outre le lit, je remarque qu'un bureau a été installé à l'extrémité de celui-ci ainsi que deux gradins sur les côtés. Geoffrey m'explique que les gradins sont là pour nous puissions assister au procès et que lors de ceux-ci, les hommes et les femmes sont assis séparément.

Je m'assois dans les gradins réservés aux femmes avant que quelques secondes plus tard, plusieurs personnes entrent dans la pièce pour assister au procès.
Le patriarche entre à son tour et s'assoit à son bureau. Il annonce le début du procès et dit :
-Emilie, tu es accusée par Matthieu d'avoir refusée de baiser avec lui alors qu'il ne l'a ordonné. Qu'as-tu à dire pour ta défense ?
-Oui, j'ai refusé de faire l'amour avec lui parce qu'il est mineur.
-Comme on te l'a expliqué à ton arrivée, tu es dans l'obligation de baiser avec tous les hommes qui te l'ordonne quelques soit leurs âges. De plus, ici l'âge de la majorité est de 7 ans et Matthieu en a 12. Tu vas donc être condamné pour ça.
-Qu'est-ce qu'il va m'arriver ?
-Les hommes, chacun leur tour vont enfoncer un vibromasseur dans ta chatte et recueillir ta cyprine dans un récipient. Dès que tu arriveras à en lâcher 50 cl, on te libèrera.

Les hommes se lèvent alors de leurs gradins avec Matthieu en tête, se mettent en file indienne devant les jambes écartées d'Emilie et à cet instant, je comprends que lors des procès, le patriarche est le juge et les hommes les bourreaux tandis que nous les femmes, nous sommes de simples spectatrices qui n'ont pas leur mot à dire sous peine de recevoir le même châtiment.

Je regarde donc sans intervenir Matthieu qui, dans le but de torturer Emilie a un vibro dans une main et un sceau dans l'autre. Au départ, elle ne se laissait pas faire, je voyais dans son regard qu'elle comptait tenir tête aux hommes sans leurs faire le plaisir de gémir mais petit à petit, devant la ténacité de son premier bourreau, elle perd lentement sa force de caractère pour laisser place à des petits gémissements et à quelques gouttes de cyprine jusqu'à que ses forces la lâchent et la fassent gémir sans discontinuer.

Trois heures et quelques bourreaux plus tard, Emilie a déjà lâché les 50 cl de cyprine exigé mais Matthieu trouvant qu'elle a exécuté sa sentence trop rapidement demande au patriarche une autre condamnation. Après quelques minutes de réflexion, il accepte sa demande et condamne Emilie à avoir un enfant avec lui. Il lui attache une chaîne de cheville, preuve de son procès avant de la détacher pour lui mettre une ceinture de chasteté et confier la clé à Matthieu que lui seul pourra l'enlever à chaque fois qu'il voudra la baiser et que seul un test de grossesse positif arrêtera cette condamnation.

Paniquée, elle comprend que son envie de sexe ne sera jamais rassasiée mais heureusement pour elle, comme il a envie de la baiser immédiatement, ils partent tous les deux dans une chambre en ayant bonne espoir de tomber rapidement enceinte.

29.

Quant à moi, à la fin du procès je me rends dans la salle de maquillage pour me maquiller avec du fard à paupières et du mascara avant d'arborer les couloirs dans l'espoir d'avoir mon premier rapport sexuel. Très vite, je croise le chemin d'un homme qui veut me baiser. Il prend un préservatif dans le distributeur pendant que j'ouvre la porte de la chambre la plus proche de moi mais à l'intérieur se trouve une fille de 7 ans en levrette, avec derrière elle, un homme d'une quarantaine d'années en train de la baiser lorsqu'elle me voit et me supplie de l'arrêter. Mais craignant le procès, je décide d'ignorer son appel à l'aide et ferme la porte pour me diriger avec mon partenaire dans la chambre d'en face. A l'intérieur, mon partenaire est tellement impatient qu'à peine la porte fermée, il me plaque contre celle-ci pour prendre violemment mon cul. Ses puissants coups de bite font cogner ma tête à plusieurs reprises contre la porte me faisant perdre connaissance. Dès qu'il s'en rend compte, il me jette sur le lit et attend que je revienne à moi. Une ou deux minutes plus tard, mes yeux s'ouvrent enfin, avec en gros plan, une bite équipé d'un préservatif qu'il plonge directement dans ma bouche pour la baiser profondément. Mais comme je suis en train de m'étouffer, j'essaie de le repousser sans succès car sa puissance est supérieure à la mienne. Je tente alors de retirer sa bite de ma bouche mais au moment où mes doigts touchent son pénis, mon corps est envahi de spasmes et je perds une nouvelle fois connaissance.

A mon réveil, allongée sur le dos, je vois entre mes jambes, mon amant éphémère lécher mon clito. Je ne sais pas depuis combien de temps il est à cet endroit mais le plaisir me submerge d'un coup. Pour éviter de tomber du lit, je me tiens aux draps jusqu'à qu'il m'ordonne de me mettre en levrette pour me baiser et tient mes hanches pour me pilonner sans ménagement. Après un long coït où mes doigts se sont agrippés aux draps et mes cris ont transpercé le ciel, il m'agrippe mes longs cheveux comme s'il me tient en laisse. La douleur fait apparaître des visions devant mes yeux, celle d'un dieu caressant ma tête et qui me dit :

-Continue comme ça Ingrid et tu seras digne d'être ma chienne.

Encouragée par ses propos, je décide de faire abstraction de la douleur pour ne penser qu'au plaisir jusqu'au moment où je pousse un gros cri de jouissance avant de m'effondrer sur le lit épuisée. Après quelques minutes de repos, j'ouvre mes yeux et remarque que je suis seule. Je quitte donc la chambre et au même moment, la petite fille de la chambre d'en face sort aussi. En me voyant, elle se précipite vers moi en sanglot et me reproche de n'avoir rien fait pour arrêter l'homme qui la baisait. Je lui rappelle qu'on risque gros si je serai intervenue et après avoir séchée ses larmes je lui dis :
-Ecoute, je ne peux pas empêcher les hommes de te baiser mais si tu veux, je peux te donner une technique pour raccourcir le rapport sexuel.
-Qu'est-ce que je dois faire ?
-C'est simple, tu dois simuler à chaque fois que tu te prends un coup de bite.
-C'est quoi simulé ?

-C'est pousser un petit cri aigu à chaque fois que tu sens la bite entrer dans ton corps.

J'ai à peine le temps de lui faire la démonstration des cris qu'elle doit pousser, qu'un homme surgit au détour du couloir et nous voit toutes les deux. Surprises par sa venue, nous arrêtons immédiatement tandis que l'homme nous dévisage de haut en bas et ordonne à la petite fille de le suivre dans une chambre. Dès que la porte est fermée, je m'approche discrètement de celle-ci pour écouter ce qu'il se passe à l'intérieur quand soudain, l'homme qui a baisé la petite fille, il y a à peine quelques minutes apparaît et m'ordonne de le suivre dans une chambre. Sans qu'il s'en rend compte, je n'ouvre pas la porte la plus proche de moi mais me dirige vers celle d'à côté. Une fois à l'intérieur, j'entends l'homme d'à côté ordonné à la petite fille de se mettre à genoux pour le sucer avant de recevoir le même ordre. Je me mets à genoux face à l'homme assis sur le lit, j'approche ma bouche de sa queue tandis que des bruits de succion se font entendre

de l'autre côté du mur. Je m'exécute sur le même rythme que ma petite sœur de cœur jusqu'au moment où j'entends son amant lui demander de se mettre en levrette et en écoutant sa directive, une question me brûle les lèvres, « Va-t-elle simulée ? ». Mais quelques secondes plus tard, la réponse me saute aux oreilles lorsqu'elle pousse plusieurs gémissements.
L'homme que je suce dit alors :
-La fille d'à côté à l'air d'aimer se faire culbuter, j'ai trop envie de me la faire.

Il ne se doute pas qu'il était en train de baiser avec elle, quelques minutes plus tôt. De plus, ses gémissements l'excitant, il exige que je me mette également à quatre pattes pour crier aussi fort qu'elle. Cela n'est pas difficile pour moi car étant naturellement sonore, mes gémissements effacent sans problème ceux de ma voisine jusqu'à que mon faiseur d'orgasme demande à être chevaucher. Obéissante, il s'allonge sur le lit pendant que je grimpe sur lui et m'empale. L'introduction de son pénis en moi écarte mes chairs et le frottement me transporte

au nirvana pendant qu'il éjacule sans crier gare. Ne me rendant compte de rien, je continue de le chevaucher comme une cavalière au galop regardant le ciel et gémissant comme une nymphomane n'ayant pas baisé depuis plusieurs années, puis après plusieurs minutes d'une chevauchée intense, je m'arrête afin de comprendre son absence de réaction lorsqu'il me dit :
-J'ai déjà éjaculé.
-Pourquoi, tu ne l'as pas dit ?
-Ca fait plusieurs minutes que j'essaie de te le dire mais tu gémis tellement fort que je n'arrive pas à en placer une.
-Je suis désolée.
-Ce n'est pas ta faute, j'ai essayé de me retenir le plus longtemps possible mais j'ai été obligé de lâcher mon sperme.

Je retire sa bite de mon corps et lui dit :
-Ah oui, effectivement ! Tu as complètement rempli la capote.
-Mets-toi à genoux que je te donne toute la semence que j'ai lâché pour toi.
Je me mets à genoux devant lui et lui dit :

-Allez-y maître, donnez-moi votre précieux liquide.
Il enlève la capote, la vide entièrement sur mon visage et la jette sur moi avant de quitter la chambre. Une fois parti, je retire le retire pour y récupérer un maximum de sperme à avaler avant de quitter la pièce à mon tour. Dehors, je retrouve la petite fille et lui demande son prénom. Elle me dit :
-Je m'appelle Anaïs
-Enchantée Anaïs, moi c'est Ingrid.
-Tu sais Ingrid, j'ai écouté tes conseils et j'ai simulé pendant que je baisais. Ça a bien marché, il a joui plus rapidement.
-Je le sais, j'étais dans la chambre d'à côté en train de baiser et je t'ai entendu mais est-ce que tu as pris ton pied ?
-Non. Pourquoi ?
-Parce qu'ici, durant ta vie, tu vas te faire baiser par des milliers d'hommes. Si tu ne prends pas de plaisir, le sexe restera une torture pour toi mais j'ai une idée pour que tu aimes baiser.
-Laquelle ?
-Ici, j'ai rencontré Geoffrey, c'est un membre de la secte avec qui je m'entends très bien. Si tu le souhaites, je peux lui

demander de m'aider à te faire aimer la bite mais faudra être discrets car le sexe à trois est interdit ici.
-Je veux bien mais tu es sûre qu'il ne dira rien car on risque d'être punies si les autres l'apprennent.
-Ne t'inquiètes pas pour ça, il ne dira rien.
-Et est-ce qu'il faut que je simule avec lui ?
-Non pas du tout sinon on ne saura pas si tu aimes vraiment la bite. Il faut que tu restes silencieuse mais tu verras que tu gémiras sans t'en rendre compte dès que tu commenceras à prendre ton pied. Viens avec moi, nous allons le chercher.

Anaïs et moi partons aller chercher Geoffrey. Sur le chemin, nous marchons côte à côte sur la pointe des pieds pour éviter de faire trop de bruit et de croiser un homme qui voudrait nous baiser. Heureusement sans savoir où il est, nous le trouvons assez vite dans le réfectoire puis nous retournons silencieusement dans le couloir des câlins pour entrer dans la dernière chambre au fond de celui-ci car elle n'est pratiquement jamais utilisée.

Dans celle-ci, j'explique à Anaïs que je vais lui apprendre à embrasser, sucer et baiser et pour lui faire une démonstration, j'embrasse goulûment Geoffrey devant elle. Nos langues se mélangent ainsi que notre salive sous le regard d'Anaïs puis après avoir terminé, j'embrasse Anaïs de la même manière que Geoffrey. Dans un premier temps fermée, elle se laisse faire petit à petit et finit par se soumettre aux coups de langues qu'elle reçoit avant que Geoffrey prenne le relais et l'embrasse à son tour. Complètement soumise par ce baiser, elle se met à genoux à quelques centimètres de sa bite et la voyant dans cette position, je lui demande :
-Tu as envie de la sucer ?
-Oui, mais est-ce que tu peux me montrer comment tu suces ?
-Avec plaisir. Regarde comment je fais.

Je me mets à genoux à côté d'elle et commence à prendre le pénis de Geoffrey dans ma main pour le masturber. Me regardant attentivement Anaïs me demande d'essayer. J'enlève alors ma main pour prendre la sienne et la positionner sur le sexe de celui-ci afin de l'entraîner à faire des va-et-vient rapides, puis je commence à lécher sa bite et à la mettre dans ma bouche avant qu'Anaïs essaie à son tour.

Pour lécher, je trouve qu'elle s'y prend bien, en revanche pour sucer, elle sait le faire mais manque de gourmandise à mon goût et je lui dis :

-C'est bien ce que tu fais Anaïs mais sucer, ce n'est pas uniquement mettre la bite dans ta bouche, c'est tout un jeu. Tu dois la sucer comme-ci tu avais une sucette dans ta bouche mais aussi jouer avec ton regard car les hommes aiment énormément qu'on les regarde dans les yeux lorsqu'on leur fait une fellation. Vas-y essaie.

Anaïs lève les yeux pour regarder Geoffrey mais la combinaison de son regard et de son maquillage ne lui laisse aucune chance. Il éjacule immédiatement dans sa bouche. Surprise par le liquide, elle tente de retirer sa bite lorsqu'elle comprend trop tard que le dernier jet vient d'entrer entre ses lèvres. Dégoûtée, elle s'apprête à cracher le sperme reçue dans sa bouche lorsque je lui dis :

-Fais-moi confiance, avale ce que tu as dans ta bouche. Tu vas voir, tu vas adorer ça.
Me faisant confiance, elle avale le sperme en plusieurs fois avec beaucoup de difficultés et me dit :
-Je n'ai pas aimé, je trouve que le goût est amer. Tu aimes ça toi ?
-Oui, j'adore ça mais toi, c'est ta première fois alors que moi, j'ai pompé énormément d'hommes pour avoir leur sperme.
-Vraiment ?
-Oui et pas uniquement dans une chambre. J'ai déjà pompé dans une voiture, dans des toilettes, dans une cabine d'essayage, dans un avion, dans un train, dans une piscine et partout ailleurs.
-Alors tu as dû recevoir beaucoup de sperme.
-Oui des litres et des litres mais je n'ai pas tout avalé. J'en ai aussi eu beaucoup sur le visage.
-Tu aimes avoir du sperme sur ton visage ?
-Oui et tu verras quand ça t'arrivera, c'est extrêmement jouissif. En attendant, je vais m'occuper de Geoffrey pour qu'il

rebande et qu'il puisse te baiser.

Après l'avoir branlé et sucé pendant quelques minutes sous le regard curieux d'Anaïs, Geoffrey retrouve une bite dure et tendue prête à s'insérer dans n'importe quelle chatte. Anaïs a l'honneur d'être la première. Elle s'allonge sur le lit mais je lui conseille de se mettre en levrette pour mieux sentir sa queue. Suivant mes conseils, elle change de position et attend patiemment d'être fourrée tandis qu'il s'insère en elle, la tient fermement par la taille et commence à la baiser.
Dos à eux, je vois parfaitement les mouvements censés lui donner du plaisir mais écoutant attentivement leurs ébats, je n'entends aucun gémissement ni respiration saccadée. Le seul bruit audible dans la pièce est un bruit de chair que provoque le balancement des couilles de Geoffrey frappant les fesses d'Anaïs mais pour en avoir le cœur net, je décide de faire le tour du lit pour faire face à son visage et trouver la moindre marque de plaisir. Mais ne trouvant rien, je lui demande :
-Anaïs, tu ne ressens rien.

-Si, je sens sa queue dans mon corps et ses boules qui claquent mes fesses.
-D'accord mais à part ça, tu ne ressens au plus profond de toi.
-Non.
-C'est bizarre. Normalement, tu es censé sentir quelque chose. Chez moi, c'est automatique. Laisse-moi ta place, je vais te montrer

Geoffrey lâche la taille d'Anaïs et se retire d'elle pour commencer à me donner des coups de bites en levrette lorsqu'immédiatement, je lâche mes premiers gémissements. Intriguée par le plaisir que je prends, Anaïs observe nos ébats à la loupe pour comprendre ce qu'il lui manque.
Quelques secondes plus tard, me rappelant que Geoffrey est là pour elle et non pour moi, je lui demande à contre-cœur d'arrêter de me baiser et de s'occuper d'Anaïs en missionnaire.

Allongée sur le dos, Anaïs regarde Geoffrey s'insérer une nouvelle fois en elle avant de poser sa tête sur le lit pendant que les coups de bites s'enchaînent sans la moindre réaction. Combien en as-t-elle reçue ? Des dizaines, des centaines ou des milliers. Quoi qu'il en soit, je remarque qu'après plusieurs minutes d'efforts, Anaïs commence enfin à avoir une respiration saccadée.

Mieux encore, elle pousse également son premier gémissement et souhaitant l'aider à prendre encore plus de plaisir, je demande à Geoffrey de poser ses pieds sur ses épaules. Bingo ! Cela l'a fait bien plus crier enterrant par la même occasion son premier gémissement. De plus, la secouance des coups de queue font recroqueviller ses orteils et l'oblige à s'agripper à quelque chose mais ne sachant pas où, elle attrape mes mains et les serre tout en me surprenant par son langage en sortant des phrases telles que : « Oh putain que c'est bon ! » « J'adore la bite. » ou encore « Je vais jouir. » juste avant que l'orgasme soit de sortie et que son corps réagit.

Ses mains serrent fortement les miennes, sa tête bascule en arrière et sa bouche pousse un grand gémissement qui vide toute son énergie mais Geoffrey, qui n'a pas encore lâché sa semence en demande encore. Je propose alors de remplacer Anaïs mais ne voulant pas de moi, refuse catégoriquement ma proposition.

Délaissée et vexée, je lâche les mains de ma sœur de cœur et m'asseoit au bord du lit dos à eux pendant qu'ils poursuivent leurs ébats.

Toujours en missionnaire mais sur la pointe des pieds et la taille relevée, Anaïs est encore plus violemment secouée par les coups de bites de Geoffrey. Mais sans mon assistance, elle ne s'est plus où se tenir, ses mains tâtonnent alors jusqu'à s'agripper au drap de toutes ses forces comme si sa vie en dépendait jusqu'à que quelques instants plus tard, Geoffrey sent sa sève montée et qu'il ne va pas tarder à la lâcher. Il lui demande donc où veut-elle recevoir du sperme ? Elle réfléchit quelques instants mais ne sachant pas

quoi répondre, j'interviens pour lui conseiller de le prendre sur son visage et lui dit :
-Anaïs, tu te souviens que je t'ai dit que j'adore l'éjaculation faciale ?
-Oui.
-Je t'ai aussi conseillée de tester ça dès que tu en as l'occasion et maintenant c'est le cas, donc n'hésite pas, tu vas voir tu vas adorer ça.
-Je veux bien essayer Ingrid mais j'ai peur d'en avoir sur mes cheveux.
-Tu sais Anaïs, le sperme n'abîme pas les cheveux mais si tu le souhaite, je peux te les tenir.
-Oui, je veux bien.

A côté d'elle, je tiens donc ses cheveux pour les tenir éloigner de son visage pendant que Geoffrey se masturbe à quelques centimètres de son visage, tente de se retenir au maximum avant de lâcher son sperme à pleine vitesse lorsqu'à peine l'éjaculation terminée, la porte s'ouvre soudainement et un homme nous surprend. Pétrifiées, nous n'avons pas le temps de nous justifier tandis qu'il part en

courant et revient très vite avec le Patriarche qui demande des explications à Anaïs mais j'interviens en lui disant :
-Monsieur, je vous en prie. Ne vous en prenez pas à Anaïs, elle n'y est pour rien dans cette histoire.
-Alors explique-moi pourquoi elle a du sperme sur le visage.
-C'est parce qu'elle n'avait aucun plaisir à faire l'amour, j'ai demandé à Geoffrey de la baiser pour qu'elle prenne enfin son pied.
-Et toi, tu les as regardé baiser ?
Geoffrey prend la parole et dit :
-Elle a participé Monsieur, elle a montré à Anaïs comment sucer et baiser avant que je m'occupe d'elle.
-Ingrid, ton initiative est une bonne chose mais il est formellement interdit au sein de la secte d'être à plus de deux dans les chambres donc tu n'aurais pas dû participer, ni même être dans la même chambre qu'eux pour les regarder baiser. Tu aurais dû simplement organiser leur ébat et attendre à l'extérieur qu'ils terminent leur coït. En conséquence, vous serez toutes les deux condamnées.

-Monsieur, condamnez-moi seulement, je prends l'entière responsabilité de ce qui s'est passé.
-Ingrid, si j'accepte ta demande, ta sentence sera plus sévère. En as-tu conscience ?
-Oui Monsieur.

Le Patriarche demande qu'on m'emmène et qu'on sonne le procès. Il demande également à Geoffrey d'aider Anaïs a enlevé le sperme sur son visage et de venir au procès. Pendant ce temps, deux hommes me tiennent et m'emmènent dans le tribunal suivi par le Patriarche.
Lors du trajet, je remarque que le chemin emprunté n'est pas celui que je connais pourtant nous arrivons bien dans une salle dont j'ignorais l'existence. A l'intérieur, les gradins sont bien là ainsi que le bureau du Patriarche mais ce qui frappe dans ce lieu est le lit qui trône au milieu de la pièce entouré d'une paroi vitrée et d'une grande porte à double battant.

30.

Les deux hommes qui me tiennent, me jette sur le lit avant de quitter l'enclos et d'y fermer les portes. Allongé sur le dos, je vois le Patriarche prendre place à son bureau pendant que les autres membres de la secte s'installent dans les gradins. Sur ma droite, je constate la présence de Geoffrey qui est très serein tandis qu'à gauche, Anaïs est inquiète du sort qui me sera réservée. J'ai à peine le temps de la rassurer que le procès commence. Comme d'habitude, le Patriarche annonce aux membres de la secte présents, les raisons du procès, que j'ai été surprise en flagrant délit et que ma sentence va être d'être baisé par le taureau. En entendant celle-ci, je ne me suis pas inquiète car je pensais que le taureau est simplement le nom donné à un homme avec une grosse bite mais toujours allongée sur le lit, je vois les portes de l'enclos s'ouvrir, une immense cage apparaît et à l'intérieur se trouve un homme nu, enchaîné, d'une taille immense et portant un masque. Voulant être libéré, il agite ses bras, faisant

entendre le bruit de ses chaînes et lorsque le masque lui est retiré, son visage me glace le sang car je le reconnais immédiatement. L'homme surnommé le taureau est l'homme qui m'a agressé quand j'avais 9 ans au centre commercial. Je ne peux pas s'il m'a reconnu mais son gigantesque sexe en état d'érection intense me fait très peur car à partir de ce moment, je cerne mieux la taille de la queue qui va entrer en moi. Ça y est ! Il est totalement libre, il se dirige vers moi d'un pas décidé. Je tente de reculer en disant :
-Pitié, arrêté-le. Je ne veux pas.

Mais arrivé près de moi, il écarte mes jambes et s'introduit en moi lorsque j'obtiens un orgasme intense allant jusqu'à me provoquer une cécité temporaire puis lorsque ma vue revient, je vois que les coups de bites s'enchaînent violemment, gonfle mon ventre et m'écartèle. Mais pour supporter la douleur, je suis obligée de m'agripper aux draps et supplie une fois de plus le Patriarche en lui disant :

-Pitié, je vous en supplie. Dîtes lui d'arrêter, il me déchire.

Soudain, pour une raison que j'ignore, le taureau se retire de mon corps pour se diriger vers la sortie. Soulagée que ce soit finie, je lâche le drap, pose ma tête sur le lit et j'halète, mais lorsque, le Patriarche hurle quelque chose une phrase incompréhensible, je regarde devant moi et vois le taureau toujours en érection opérer un demi-tour pour revenir vers moi. Complètement paniquée, je saute du lit vers les gradins des filles, tape sur la vitre et leurs dis :
-Pitié les filles. Arrêtez-le, je vous en supplie. J'ai trop mal, il est en train de me déchirer.

A travers la vitre, je peux voir qu'Anaïs est complètement paniquée tandis que les autres filles n'ont aucune réaction jusqu'au moment où le taureau entre en moi, d'un coup sec par derrière, déchire mes entrailles et pilonne mon cul comme un animal en rut.
Je n'arrive plus à respirer ni même à parler. Je suis à peine consciente et

complètement bousculée par ses coups de bite. Je ne peux que poser mes mains sur la paroi vitrée et gémir involontairement au rythme de ceux-ci l'excitant davantage. Les filles, quant à elle, n'ont toujours aucune réaction bien que je sois en train de mourir devant leurs yeux.

Seule Anaïs est en cris et en pleurs lorsque je me sens partir. Je lui adresse alors grâce à mon regard, un dernier au revoir lorsque je sens la bite du taureau se retirer de mon corps mais juste avant qu'il la sorte entièrement, il rebrousse chemin et rentre de nouveau d'un coup sec.

A cause de cela, j'ai l'impression de prendre un coup de poignard. Cette douleur bascule ma tête en arrière tout en me faisant gémir bouche ouverte jusqu'à qu'un nouveau coup de bite me fait exactement le même effet et provoque chez le taureau, un geyser de sperme traversant mon corps pour sortir par ma bouche et s'écraser contre la vitre tandis que son sexe redevenu flasque quitte enfin mon cul et le laisse évacuer le trop plein de sperme jusqu'à qu'il m'attrape pour me jeter sur le lit. Y atterrissant à plat ventre et agonisant, je lutte de toutes

mes forces pour me relever lorsqu'après plusieurs tentatives j'arrive à me mettre à quatre pattes, je sens qu'une main tire mes cheveux en arrière et un pénis rentre dans mon vagin pour me baiser. Mais étonnement, pour une raison que j'ignore, la douleur a disparu au profit du plaisir. De plus, comme mon corps meurtri va lâcher si je jouis, je rassemble mes dernières forces dans la bataille pour ne pas jouir et dans l'espoir d'attirer la pitié du taureau, je lui dis entre deux gémissements :
-Pitié, je vous en supplie, ne me faîtes pas jouir sinon je vais mourir.

J'espère de tout cœur qu'il a entendu ma demande et qu'il va y s'arrêter mais en attendant, il continue de me tirer les cheveux et me pilonner sans retenue m'empêchant par la même occasion toutes tentatives de contrôle de mes gémissements. De plus, ma tension orgasmique s'accumulant sans que je puisse l'évacuer, je crains ne plus pouvoir me retenir longtemps avant l'apparition d'un orgasme involontaire donc je réitère

une nouvelle fois ma demande en disant au taureau :
-Je vous en supplie. Arrêtez-tout ! On rebaisera quand je serai guérie mais je ne vous en supplie, ne me faîtes pas jouir. Et si vous souhaitez éjaculer, vous avez ma bouche pour vous vider.

M'entendant supplier le taureau, le Patriarche dit d'un ton moqueur :
-Tes tentatives pour le supplier sont vaines Ingrid. On lui a lobotomisé le cerveau dès son arrivée. Depuis ce jour, il ne pense qu'à baiser.
En entendant les mots du Patriarche, je comprends donc que le seul moyen de m'en sortir est de tenir plus longtemps que lui. N'ayant pas de solution pour retenir ma tension orgasmique, je décide de mordre mes lèvres et de gémir le moins possible. C'est une tentative désespérée, mais je remarque qu'elle fonctionne bien tout en espérant qu'à chaque coup de bite donné que celui-ci sera le dernier, mais les secondes s'accumulent et se transforment en minutes sans qu'une goutte de sperme sorte de sa queue, mais soudain alors que j'avais perdue toute

espoir, je sens sa bite se gonfler et lâcher un premier jet de sperme dans ma fente. Heureuse qu'il soit en train de céder, son liquide séminal a cependant un effet inattendu sur mon corps car il augmente rapidement ma tension orgasmique me poussant à annoncer contre mon gré que je vais jouir. En m'entendant dire cela, le Patriarche ravi se met à ricaner et ses rires me font craindre le pire. Dans la salle, le public ne fait plus aucun bruit, le seul bruit encore audible sont mes gémissements qui continuent de sortir de ma bouche. Ils attendent tous avec impatience, l'ultime décision du Patriarche me concernant. Que va-t-il décider ? De m'épargner ou de m'achever ? La tension est palpable et mon cœur est serré. Vais-je vivre ou vais-je mourir ? Mon destin n'est plus entre mes mains et nous attendons tous le verdict impatiemment mais c'est seulement après une très longue attente que le Patriarche dit au taureau :
-Achève-là

Comprenant que ma vie se termine ici, je laisse couler une larme pendant que le

taureau lâche enfin mes cheveux, tiens mes hanches pour gagner en amplitude et me donne les coups de bite les plus puissants que je n'ai jamais subi. A chacun d'entre eux, je puise mes dernières ressources dans mon instinct de survie pour éviter de jouir et je tente pour la dernière fois de convaincre le taureau à chaque coup de bite :
-Non. Non. Non. Non. Je vais jouir. Pitié. Je vous en supplie. Ça vient.

Avant d'enchaîner avec un pilonnage rapide.
-Non, non, non, non. Putain, je joooouuuuiiiiiiissssss.

Après avoir jouis, mes bras lâchent et ma tête s'écrase sur le lit Le taureau n'ayant toujours pas éjaculé, attrape mes bras, les tirent en arrière et continue à me baiser. Dans l'assemblée, personne ne remarque rien. C'est uniquement trois minutes plus tard que le public comprend que le taureau baise un corps sans vie puisque mes yeux sont fermés et mes cris se sont tus.

Comprenant aussi qu'il baise mon cadavre, le Patriarche ordonne au taureau de cesser immédiatement mais n'écoutant pas, il demande aux hommes d'entrer dans la cage pour l'arrêter. Cinq hommes ouvrent les portes et entrent pour le stopper mais sont jetés au sol comme des pantins.

C'est alors que dix autres hommes entrent dans la pièce pour l'arrêter mais eux aussi sont éjectés donc pour qu'il arrête de me baiser, ces quinze hommes décident de s'associer pour maîtriser le taureau et le remettre dans sa cage mais même à quinze contre lui, la lutte ne fût pas simple.

Il m'a rapidement lâché mais s'est débattu de toutes ses forces pour ne pas retourner dans sa cage et il a fallu environ vingt minutes à ces hommes pour l'enfermer.

C'est uniquement après que plusieurs membres de l'équipe médicale sont entrés et m'ont évacué vers le centre médical où mon décès a été officiellement reconnu et annoncé par haut-parleur à tous les membres de la secte.

Je m'appelle Ingrid, j'ai connu le sexe, le plaisir et la jouissance très tard. Cela m'a poussé à cumuler les rapports pour assouvir mon appétit sexuel avec le premier inconnu qui passait, et à tourner le dos à ma famille pour jouir sans limite. Aujourd'hui, cette obsession incontrôlable m'a détruite dans le plus grand secret, et ni ma famille, ni mes êtres chers ne connaîtront un jour mon décès.

Je le regrette infiniment.
            Ingrid, morte le 01 janvier 2025.

FIN

© 2025 Camille Leffusilly
Édition : BoD · Books on Demand, 31 avenue Saint-Rémy,
57600 Forbach, bod@bod.fr
Impression : Libri Plureos GmbH, Friedensallee 273,
22763 Hamburg (Allemagne)
ISBN : 978-2-3225-3511-8
Dépôt legal : Avril 2025